Pina
Josch
Vielaugenschnecke

FISCHER SAUERLÄNDER

Marlene Jablonski wurde 1978 in Danzig, Polen, geboren. Im Jahr 2000 erschien das erste ihrer inzwischen fast 90 Kinderbücher. Heute lebt sie als freie Schriftstellerin in Berlin.

Eleni Livanios wurde in Graz als Tochter einer Österreicherin und eines Griechen geboren. Nach einem Studium für Kunstgeschichte verwirklichte sie ihren Kindheitstraum, als Autorin und Illustratorin für Kinder- und Jugendbuchverlage zu arbeiten. Sie lebt mit ihren beiden Kindern und ihrem Partner in Graz und verbringt ihre Freizeit sehr gerne bei ihrem Islandpferd. Eleni Livanios hält Lesungen ab und veranstaltet Zeichenworkshops sowie Schreibwerkstätten für Kinder und Jugendliche.
www.elenilivanios.at

Alle Bände in der Reihe *Pina Ponyhexe*:
Band 1: Eine magische Freundschaft
Band 2: Der verlorene Fuchs (erscheint im Frühjahr 2025)
Band 3: Rettung für das Hexendorf (erscheint im Herbst 2025)

Weitere Informationen zum Kinder- und Jugendbuchprogramm von Fischer Sauerländer auf *www.fischer-sauerlaender.de*

Marlene Jablonski

Pina Ponyhexe

Eine magische Freundschaft

Band 1

Illustriert von

Eleni Livanios

FISCHER SAUERLÄNDER

Das gleichnamige Hörbuch, gelesen von Ilka Teichmüller,
ist im Argon Verlag erschienen und im Buchhandel erhältlich.

MIX
Papier | Fördert gute Waldnutzung
FSC® C083411

2. Auflage 2025
Erschienen bei Fischer Sauerländer

Umschlaggestaltung: Kristin Pang,
unter Verwendung einer Illustration von Eleni Livanios
Umschlagabbildung: Eleni Livanios
Satz: Pinkuin Satz und Datentechnik, Berlin
Druck und Bindung: CPI books GmbH, Leck
ISBN 978-3-7373-4334-3

Kontaktadresse nach EU-Produktsicherheitsverordnung:
produktsicherheit@fischerverlage.de

1.
Der große Tag

»Huh-hex-herrje! Bin ich aufgeregt!«, jauchzte Pina, die kleine Hexenschülerin, kaum dass sie am Morgen die Augen geöffnet hatte. Mit einem Fingerwink ließ sie ihre Decke in die Höhe schweben und sprang aus dem Bett. Sie eilte zum Sprossenfenster und lehnte sich hinaus. Sie atmete die Waldluft ein und schaute von ihrem Baumhaus hinunter ins sonnenbeschienene Hexendorf.

Umgeben von einem magischen Schutzschild, lag es mitten in einem Tal. Wer bloß einen flüchtigen Blick auf den Landstrich geworfen hätte, hätte Pinas Heimatdorf wohl nie und nimmer entdeckt. Die Hexenhäuser waren nämlich gut versteckt: Manche sahen wie Findlinge aus und waren aus Lehm geformt. Andere bestanden aus Weidenranken. Es gab auch Neststuben in Rosenbüschen, und einige Hexen wohnten in Baumhäusern oder in Stämme gezimmerten Höhlen.

Die Regenzeit war gerade vorbei, und die Pflanzen waren kräftig in die Höhe geschossen. Buschwindrosen erstrahlten in Grüntönen, Weidenkätzchen schimmerten im Morgenlicht, und Schwertlilien leuchteten in allen erdenklichen Farben.

Als Pina den Blick über das Dorf schweifen ließ, bemerkte sie, dass die Vorbereitungen für das heutige Hexenfest bereits in vollem Gange waren. Bäume und Holztische wurden mit Kerzen und Wimpelketten geschmückt, im Backhaus wurde gekocht, und mehrere Hexen trugen Stühle, Gläser und Teller heran. Dabei wurde gesungen und gelacht.

Auf diesen Tag hatte Pina eine Ewigkeit gewartet. Und jetzt war er endlich da! Sie klatschte in die Hände und … stutzte. »Oder ist das nur ein Traum? Es wäre ja nicht das erste Mal, dass ich von meiner Zeremonie träume«, überlegte sie laut, sah auf ihren Handrücken hinunter und … kniff sich.

»Aua!«, quiekte sie, während sich ein Lächeln in ihrem Gesicht ausbreitete. »ICH. BIN. WACH! Juhey-hurra!« Sie hüpfte in die Luft und klatschte erneut in die Hände. Heute würde ihr der Titel der Junghexe verliehen werden – vorausgesetzt, sie bestand die Prüfung. Schon wuchs ein Sorgenkloß in ihrem Bauch. Nur wer die Prüfung bestand, wurde zur Zeremonie zugelassen, bekam seine magische Blüte und durfte auf Wanderschaft gehen.

Dreihundert Jahre lang hatten Pina und ihre Mitschülerinnen und Mitschüler auf diesen Tag hingearbeitet: Sie hatten Kräuter-, Wald- und Tierkunde gepaukt, Zaubersprüche auswendig gelernt und Mixturen gebraut. Sie hatten Waldgesänge, Flüche sowie Verwünschungen geübt. Zudem hatten sie die Sprachen aller Waldbewohner gelernt – auch die der magischen.

Der wirklich ernste Teil aber sollte erst noch beginnen: Genau wie die anderen Hexenschülerinnen und Hexenschüler würde Pina auf ihrer Wanderschaft beweisen müssen, dass

sie ihrer Hex- und Zauberkräfte wirklich würdig war, sie beherrschte und zum Wohle aller Lebewesen einsetzte.

Pina ahnte noch nicht, was dabei alles auf sie zukommen würde. Doch schreckte sie nicht zurück vor dieser Herausforderung. Ganz im Gegenteil! Voller Ungeduld und Tatendrang streckte sie sich nun, so weit sie nur konnte, aus dem Fenster und rief: »Welt, ich komme!« Sie stellte sich auf die Zehenspitzen, breitete die Arme aus, als wollte sie die ganze Welt umarmen, und verlor auf einmal das Gleichgewicht.

Sie schwankte vor und zurück, doch das wilde Gefuchtel nützte nichts. Pina sah sich schon ins Beerengestrüpp unter ihrem Baumhaus purzeln, da erblickte sie einen Adler am Himmel.

Wie in Zeitlupe glitt er durch die Lüfte, als er den Kopf zur Seite wandte und sie mit einem Blick fixierte. Dann stieß er einen Schrei aus, *Kaaarrh!*, und mit ihm eine Druckwelle. Innerhalb eines Wimpernschlages erreichte sie Pina und drängte sie zurück in die Baumhausstube.

Sie landete auf dem Po und schlitterte rückwärts über den Boden.

»Huuuui, das war knapp!« Sie sprang auf, eilte zurück zum Fenster und sah dem Adler ehrfürchtig hinterher.

Dieser Vogel war außergewöhnlich. Genau wie Indaja, die Hexe, zu der er gehörte. Pina hatte viel über die zwei gehört, leibhaftig gesehen hatte sie aber noch keinen von beiden. Das lag wohl daran, dass sie stets unterwegs waren, um ihre Zauberkräfte für das Gute einzusetzen. Nur zu ganz besonderen Anlässen kamen sie zurück ins Hexendorf – und die Zeremonie der Junghexen war so einer.

Tierhexen wie Indaja wurden alle paar tausend Jahre nur ein einziges Mal geboren. Sie waren durch ein mächtiges Band mit einem Tier verbunden und besaßen dadurch Fähigkeiten, von denen Pina bloß träumen konnte! Ihre eigenen Zauberkräfte waren nämlich … Na ja, wie sollte man es ausdrücken? Sie waren … nicht gerade zuverlässig. Das lag jedoch nicht daran, dass sie sich keine Mühe gab. Sondern eher daran, dass sie manchmal – okay, *meistens* – etwas zerstreut war. Und deswegen ging ihre Hexerei gelegentlich – na schön, *oft* – etwas daneben. Und dennoch verlor sie nie den Mut, denn am Ende war bisher immer alles irgendwie gut gegangen.

So hoffentlich auch heute!

2.
Der kleine Beerenfreund

»Hey, Pina!«, hörte sie plötzlich jemanden rufen. Sie riss sich vom Anblick des Adlers los und schaute nach unten.

»Hallo, Natari.« Sie winkte ihrer Freundin zu. »Du hast dich heute aber fein rausgeputzt!«

»Danke.« Natari lächelte und drehte sich einmal im Kreis. Sie trug eine sonnenblumengelbe Latzhose mit einem dunkelgrün-gold gesprenkelten Hexenumhang, dazu einen Weidenrucksack. »Ich habe die halbe Nacht nicht geschlafen, so aufgeregt war ich wegen unserer Prüfung.«

»Du?«, quiekte Pina und zog beide Augenbrauen hoch. »Machst du Witze? Du bist doch Klassenbeste. Du bestehst jede Prüfung. Sogar im Schlaf!«

»Aber heute kommt es wirklich drauf an«, sagte Natari mit einem Seufzer. »Und du gehst zu unserer Abschlussprüfung wirklich in deinem Dino-Schlafstrampler?«

»Was?« Pina schaute an sich hinunter. »Oh nein! Natürlich nicht!« Sie warf einen Blick zur Farnuhr neben ihrem Bett. Noch fünfzehn Minuten, bis sich alle auf dem Marktplatz versammelten! »Geh schon vor. Ich komme gleich nach.«

»Aber komm nicht wieder zu spät!« Natari setzte sich hüpfend in Bewegung.

Pina wandte sich vom Fenster ab und stellte sich in die Mitte ihrer Stube. Nachdenklich tippte sie mit dem Zeigefinger auf ihre Unterlippe und überlegte, was sie anziehen sollte. Genau da fiel ihr plötzlich die immer noch schwebende Bettdecke auf den Kopf und verwandelte sie in ein Gespenst.

»Äh … ganz nett, aber für den heutigen Anlass vielleicht nicht ganz das richtige Outfit«, nuschelte sie und zog die Decke mit einem Ruck herunter. Dann machte sie die Augen zu und stellte sich vor, was sie tragen und wie sie aussehen wollte …

Im Nu umschloss sie ein Funkenwirbel, und ihr Schlafanzug verwandelte sich in eine Karottenhose, eine Bluse und einen Blazer. Darüber legte sich ein laubgrüner Umhang mit einer großen Zauberkapuze, in der Pina beinahe alles sicher verstauen konnte.

Ihre Füße steckten nun in Schnürstiefeln, und ihre strubbeligen Haare waren … immer noch strubbelig! Ja, sie sah nach wie vor aus, als hätte sie ein Vogelnest auf dem Kopf.

»Hm«, machte sie, und schon standen ihre Haare

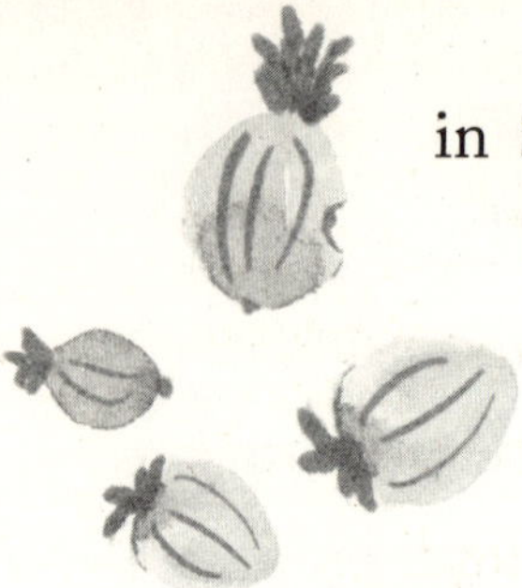

in Sternform in alle Himmelsrichtungen ab. Als Nächstes trug sie eine üppige Hochsteckfrisur, die jetzt abgelöst wurde von einer …

»Glatze?!« Pina betastete ihren Kopf und seufzte. Dann atmete sie tief durch und konzentrierte sich. Kaum hatte sie ihre Wuschelhaare wieder – verziert mit regenbogenbunten Strähnchen –, hörte sie auf einmal ein Klingeln in ihren Ohren.

Sie wurde ganz aufgeregt. Denn das war ihr ganz eigener magischer Hilferufdetektor! Schon so lange sie denken konnte, verriet er ihr, dass jemand in der Nähe ihre Hilfe brauchte. Wer das an diesem Morgen sein mochte, ahnte Pina bereits …

Schmunzelnd spazierte sie zu ihrem Bett. Sie kniete sich auf die Strohmatratze und schob den Vorhang vor dem Bullauge darüber zur Seite. Und hier war er, genau

wie sie es vermutet hatte: der kleine Baumkratt – ein äffchenartiges Wesen mit Flauschfell und großen, spitzen Ohren. Er hatte sich in den Lianen sowie seinem eigenen Schwanz verfangen. Wie ein lebendiges Wollknäuel hing er vor dem Fenster und starrte Pina reglos an.

»Du brauchst gar nicht so unschuldig zu gucken, Talami«, begann sie, nachdem sie das Fenster geöffnet hatte. »Ich kenne dich mittlerweile in- und auswendig und weiß ganz genau, was du vorhattest. Du wolltest wieder mal meine Früchte klauen, stimmt's?« Sie deutete an Talami vorbei zu ihren Blananausbeeren – eine selbst gezüchtete Kreuzung aus Blaubeeren und Ananas, etwa pflaumengroß. Sie waren ihre Lieblingsnascherei – und leider auch Talamis.

Der Baumkratt schien nicht viel vom Teilen zu halten. Er hatte seine Kobel im Blätterwerk

über Pinas Baumhaus errichtet und futterte ihr stets alle Beeren weg, sobald sie auch nur halbwegs reif waren. Trotzdem konnte sie ihm nicht wirklich böse sein.

Seufzend streckte sie die Arme aus und machte sich daran, ihn zu befreien. »Du hast Glück, dass du so niedlich bist, sonst würde ich dich zur Strafe so lange hier hängen lassen, bis ich alle Beeren selbst verdrückt hab. Und zwar genau vor deinem Näschen«, drohte sie ihm scherzhaft.

Nachdem sie ihm die letzte Liane abgestreift hatte, zog sie ihn zu sich heran. In ihren Händen sitzend, drehte Talami sich zum Bullaugenfenster um. Dabei reckte er sich schnatternd und schmatzend in Richtung des Blananausbeerenstrauches. »Nein! Dafür habe ich jetzt wirklich keine Zeit!« Pina schüttelte den Kopf. Aber Talami gab nicht auf:

Er wandte sich ihr zu, sah sie aus großen Augen an und schob jetzt auch noch die Unterlippe vor.

»Nein«, wiederholte die angehende Junghexe. Diesmal klang sie nicht mehr so ganz entschieden. Sie versuchte, den Kleinen nicht direkt anzusehen. Doch es gelang ihr nicht recht, und dann setzte der Baumkratt noch einen drauf: Er brachte die vorgeschobene Unterlippe zum Zittern.

»Och! Na schön«, brummte Pina. »Aber nur eine! Und dann muss ich los.«

Statt sofort zuzustimmen, schien der Kleine erst zu überlegen. Offenbar war er der Meinung, dass seine Schnute viel mehr wert war als nur eine einzige Blananausbeere.

Pina setzte Talami aufs Bett, dann sah sie zu den Blananausbeeren hinüber und rieb ihre Hände aneinander. Als zwischen ihnen leises Knistern zu hören war, streckte sie einen Zeigefinger aus und winkte eine reife Beere zu sich. Sie löste sich vom Strauch und schwebte durchs Fenster in die Stube. Kaum hatte Pina die Leckerei aus der Luft gepflückt, da fing der Blananausbeerenstrauch plötzlich an, sich wie verrückt zu schütteln und zu rütteln. Ja, er zappelte, als würde er einen Tanz aufführen! Und dann passierte es: Eine Frucht nach der anderen schoss pfeifend auf sie zu. Bevor sie reagieren konnte, wurde sie auch schon getroffen.

»Autsch!« Schützend hielt sie die Hände vor ihr Gesicht, während die fruchtigen Geschosse an ihr abprallten und auf dem Bett rund um Talami landeten. »Aua!«, rief sie, als eine besonders dicke Beere sie am Arm traf.

Der Baumkratt machte sich über die Beeren her und stopfte sich die Backen so voll, dass er nicht einmal mehr kauen konnte.

»So war das aber nicht geplant.« Sie rieb über ihren linken Oberarm. »Das gibt garantiert einen riesigen blauen Fleck«, nuschelte sie, als plötzlich eine Sirene ertönte. Sofort war der Schmerz vergessen, und Pina stand wie unter Strom. *Huh-hex-herrje* – die Prüfung! Es ging los!

»Wünsch mir Glück!«, bat sie Talami, worauf der Baumkratt mit dicken Hamsterbacken nickte.

3.
Ein Beben im Hexendorf

Mit einem kribbeligen Gefühl im Bauch öffnete Pina die Bodenklappe ihres Baumhauses und hetzte die Pilztreppe hinunter, die rund um den Baumstamm gewachsen war. Unten angekommen, rannte sie gerade los, da stieß sie … mitten in etwas Weiches hinein.

Sie stolperte zurück und erschrak. Die Unmengen an verschiedenfarbigen Röcken gehörten einer etwas älteren Hexe, die sie hier im Dorf noch nie gesehen hatte.

»Hoppala! Immer langsam mit den jungen Pferden«, sagte die Hexe freundlich und fing Pina auf.

»Bitte entschuldige! Ich wollte dich nicht anrempeln. Aber ich habe es furchtbar eilig!«

»Lass mich raten: Junghexen-Prüfung, hm?«, fragte die Hexe.

Pina nickte und nagte auf ihrer Unterlippe herum. Dabei konnte sie ihre Augen nicht von der Hexe abwenden – genauer gesagt: von ihrer beeindruckend großen Nase.

»Das wird schon«, sprach die Hexe ihr Mut zu, während Pina sich vom Anblick des Zinkens losriss. So eine Nas…, äh, Hexe hatte sie noch nie zu Gesicht bekommen! Sie wusste nicht, was, aber irgendetwas an ihr war anders.

»Versuch ruhig zu bleiben, denk nicht zu viel nach und lass dich von deinem Gefühl leiten. So hab ich es damals bei meiner Prüfung gemacht …«

»Hmm. Nicht zu viel nachdenken?«, brachte Pina heraus. Plötzlich hellte sich ihr Gesicht auf. »Das ist eine meiner leichtesten Übungen. Nicht nachzudenken, schaffe ich mit links! – Danke!«, fügte sie rasch hinzu und wollte losstürmen, als es plötzlich krachte und das Hexendorf erbebte.

Pina taumelte und schaute nach oben. Genau in diesem Moment sah sie etwas auf sich zurasen und

in den magischen Schutzschild donnern. Sofort kräuselte sich goldenes Licht an der getroffenen Stelle, und die Barriere zerbröselte glitzernd zu Staub.

Wie war das möglich? Seit der Schild errichtet wurde, war er undurchdringlich und unzerstörbar – zumindest bis jetzt …

Immer mehr Geschosse knallten wie Kometen rundherum in den Schutzschild und rissen Löcher hinein. Die Bewohner eilten Richtung Dorfmitte.

»Hagelkörner. Faustgroß«, sagte die ältere Hexe, die immer noch neben Pina stand und den Himmel nach etwas absuchte.

»Aber in unserem Teil des Waldes hagelt es nie!«, stieß Pina hervor.

»Ich weiß.« Die Hexe nickte. »Los, wir müssen zu den anderen, lange wird der Schutzschild nicht mehr halten!« Kaum hatte sie das gesagt, prasselte abermals glitzernder Staub wie Regen auf das Dorf herab.

Ohne ein weiteres Wort rannten Pina und die Hexe zum Marktplatz. Mit einem Mal tauchte über ihren Köpfen der Adler auf, der geschickt den Geschossen auswich.

Als sie kurz darauf am Marktplatz ankamen, war die magische Schutzbarriere fast vollständig zerstört, und immer mehr Hagelbrocken schlugen auf das Dorf ein.

»Aufstellung!«, ertönte die Stimme des Hexenältesten. Im Nu bildeten die Dorfbewohner dem Alter nach Kreise: In der Mitte versammelten sich die Hexenkinder. Um sie herum und mit dem Gesicht zu ihnen gewandt, stellten sich die etwas größeren auf. Die wurden eingekreist von wieder älteren, und auf die folgten dann die Junghexen – darunter auch Pina. Als Nächstes kam der Kreis der Althexen, und um alle herum stellten sich die Ältesten auf.

Kreis um Kreis fassten sie sich an den Händen und stimmten ein in ein langgezogenes »Aaaaaaaah …«. Sobald sie den richtigen Ton getroffen hatten, vibrierte die Luft um sie herum, und dann passierte etwas ganz und gar Wundersames: Als wäre jeder Einzelne von ihnen aus purem Licht, sandten sie alle einen Strahl aus ihrem Oberkörper heraus. Diese trafen sich an einem Punkt weit über ihren Köpfen. Anschließend breitete sich das Licht in Fäden zu allen Himmelsrichtungen aus und ergoss sich rund um das gesamte Hexendorf.

4.
Ein Pony in Not

Der neue Schutzschild hatte sich noch nicht vollständig um das Dorf gelegt, da erklang in Pinas Ohren schon zum zweiten Mal an diesem Morgen ein Klingeln. Es war so laut, dass sie vor Schreck ihren Ton nicht mehr halten konnte. Sie ließ Nataris Hand und die vom Hexenjungen neben sich los und drückte sich die Ohren zu. Das Klingeln wurde jedoch nicht leiser. Eindeutiger hätte es nicht sein können: Jemand schwebte wirklich in Gefahr!

Ohne ihren Gesang zu unterbrechen, schlossen die übrigen Hexen Pinas Lücke im Kreis, während sie selbst sich nach allen Seiten umsah. Durch die Lichtfäden des Schutzschildes hindurch und zwischen den Hagelkörnern erblickte sie am Waldrand eine Gestalt. Augenblicklich verstummte das Klingeln in ihren Ohren, und das hieß: Sie hatte denjenigen gefunden, der ihre Hilfe brauchte.

Es war ein Pony mit schokobraunem Fell und einem schneeweißen Stern auf der Stirn. Mit aufgerissenen Augen bäumte es sich immer wieder auf. War es von einem Hagelstein getroffen worden? Wieso lief es nicht in den Wald hinein, wo die Bäume ihm etwas mehr Schutz boten? Hing es vielleicht irgendwie fest?

Da vernahm sie ganz deutlich die Hilferufe vom

Pony: *Hiiilfe! Jetzt bin ich frei, aber allein. Wenn das Freiheit ist, dann ist sie keinen Klee der Welt wert!*

Sie hallten so laut in ihrem Kopf wider wie ihre eigenen Gedanken – und auf unerklärliche Weise fühlte sich das nicht fremd, sondern irgendwie … vertraut an. Das war neu für Pina, denn bisher hatte sie nur das Klingeln gekannt. Obwohl die Hagelkörner beim Aufprall den Boden beben ließen, sie musste helfen!

»Ich komme!«, rief sie dem Pony zu, auch wenn sie nicht wusste, ob es sie hören konnte oder ihre Gedanken wahrnahm, wie sie offenbar die seinen.

Sie lief los, als jemand hinter ihr fragte: »Wo willst du hin?«

Pina wirbelte herum und sah die Hexe mit der Hakennase. »Ich muss ihm helfen.« Sie deutete über ihre Schulter zum Waldrand.

Die Hexe schaute an ihr vorbei und zog die Augenbrauen zusammen. »Wem denn?«

»Na, dem Pony«, gab Pina zurück und wandte sich um. Doch es war verschwunden. Sie spürte in sich hinein und hörte auch seine Rufe nicht mehr.

Das Pony musste sich also irgendwie losgerissen haben, vermutete sie, während sich der Schutzschild wieder um das Dorf geschlossen hatte.

Die Hexen hatten den Gesang beendet und ließen einander los. Schon hörte der Hagelregen auf, und Ruhe kehrte ein. Dann betrachteten sie das Chaos und Durcheinander, welche der Hagelschauer hinterlassen hatte.

Einige der frisch geschmückten Häuser waren durchlöchert worden, und allerlei Zeug lag verstreut in der Gegend herum: Kessel, Kleidung, Geschirr, Hocker, Tische, Bettdecken … Über allem lag eine Schicht aus Federn und bunten Blütenblättern. Die Dorfbewohner schauten einander ratlos an.

»Geht es allen gut?«, erhob sich da die Stimme des obersten Hexenältesten. Pina guckte sich um und sah nur nickende Köpfe. »Ein Glück. Das ist das Wichtigste.« Der Hexenälteste atmete erleichtert auf. »Ich weiß, das war eine brenzlige Situation, aber gemeinsam haben wir sie ausgezeichnet gemeistert.« Er blickte zum wieder blauen Himmel hinauf. »Anscheinend war es lediglich ein kurzes, wenn auch sehr überraschendes Vorkommnis. Der Rat der Ältesten wird die Chroniken studieren, um hoffentlich mehr darüber zu erfahren.« Die Hexen um ihn herum nickten, auch sie wirkten besorgt. »Aber wir sollten schnell wieder zur Tagesordnung übergehen. Wie ihr wisst: Die Prüfung der Junghexen *muss* heute stattfinden, denn der Hexen-Eid kann auf den Tag genau nur alle dreihundert Jahre zur Abenddämmerung abgelegt werden.«

Pina schluckte. Genauso war es, und daran konnte selbst ein Hagelschauer nichts ändern.

5.
Prüflinge, aufgepasst!

Während das Dorf mit Zaubersprüchen wieder auf Vordermann gebracht und der Schutzschild überprüft wurde, folgten Pina und die anderen Prüflinge dem Hexenältesten und der Lehrerschaft zur Schule. Die befand sich im Wald in einem eindrucksvollen Mammutbaum.

Den Weg dorthin musste sie immerzu an das Pony denken, das so verängstigt und verloren gewirkt hatte. Hoffentlich hatte es zurück zu seiner Herde gefunden und war unverletzt. Ja, so musste es einfach sein, denn sonst würde sie doch bestimmt weiterhin seine Rufe hören.

»Jetzt wird's ernst«, flüsterte Natari ihr nervös von der Seite zu.

»Denk einfach nicht zu viel nach und lass dich von deinem Gefühl leiten«, wiederholte Pina den Rat, den sie selbst erhalten hatte.

»Von wem hast du denn diesen schlauen Spruch?«

»Och, von einer echt netten Hexe«, sprudelte es aus Pina hervor. »Die ich vorhin beinahe über den Haufen gerannt hätte.«

»Du bist und bleibst doch ein kleiner Tollpatsch«, neckte Natari sie liebevoll, worauf die Freundinnen gluckten. »Na, hoffentlich passiert dir kein Missgeschick gleich bei der Prüfung.«

Das hoffte Pina allerdings auch. Und wie! *Aber was, wenn mir wirklich etwas Blödes passiert und ich die Prüfung verpatze?*, schoss es ihr durch den Kopf. *Natari hat recht. Heute darf ich wirklich nichts schlamasselig vermasseln …*

Ehe Pinas Gedankenkarussell Fahrt aufnehmen konnte, blieb der Hexenälteste auf dem Schulhof stehen. Pina und die anderen hielten ebenfalls an. Die Lehrer und Lehrerinnen nahmen auf Holzbänken unter einem Stoffsegel Platz. Sie schienen mindestens genauso nervös zu sein wie die Prüflinge.

Das wunderte Pina nicht. Schließlich hatten sie ihnen über dreihundert Jahre lang mit Rat und Tat zur Seite gestanden. Doch heute durften sie ihren Schützlingen nicht helfen. Heute waren Pina und ihre Mitschülerinnen und Mitschüler auf sich alleine gestellt.

Pina und Natari wechselten einen Blick. »Viel Glück!«, hauchten sie einander schnell zu, bevor der Hexenälteste den Blick über ihre erwartungsvollen Gesichter wandern ließ.

»Eure Aufgabe ist einfach und schwierig zugleich. Ihr sollt einen hochwirksamen Zaubertrank

anrühren. Ganz einfach – vorausgesetzt, ihr habt die Lektionen der vergangenen Jahrhunderte gut verinnerlicht.«

Er hob die Hand und schnipste mit den Fingern. Im Nu erschien vor jeder und jedem ein Tisch mit einem Krug voller Wasser, einem Holzlöffel und einem Kessel darauf. Er schnipste noch einmal, und vor jedem brannte ein kleines Feuer. »Getrocknete Kräuter findet ihr gleich dort drüben.« Er deutete zu einem Regal an der Schulwand. »Frische Kräuter allerdings müsst ihr euch selbst besorgen, hier in unserem Wald. Jeder für sich, denn jeder von euch wird einen anderen Trank anmischen«, fuhr er fort. Dann lief er der Reihe nach alle Prüflinge ab.

Pina konnte nicht hören, welcher Trank wem zugewiesen wurde. Je näher der Hexenälteste kam, desto ungeduldiger wurde sie – und desto heftiger klopfte ihr Herz. Am liebsten wäre ihr ein Wachstumselixier für Pflanzen. Das konnte sie nämlich so richtig gut. Womit sie sonst noch glänzen könnte, wäre ein Anti-Floh-Trunk, der auch super gegen Schluckauf wirkte. Einmal nämlich hatte Talami …

»Pina.« Da stand der Hexenälteste vor ihr.

Sie sah ihn gespannt an und schob schnell die Erinnerung an Talamis Schluckauf beiseite, der den Baumkratt damals ganze zwei Tage und drei Nächte wach gehalten hatte – und Pina ebenso.

»Du braust uns bitte …«, begann er.

Sie flehte in Gedanken: *Ein Wachstumselixier, Wachstumselixier!*

»… einen Mutmach-Trunk.«

Enttäuscht ließ Pina die Schultern hängen, rang sich dann aber ein Lächeln ab und nickte. »Ein Mutmach-Trunk. Habe verstanden.«

»Sehr gut«, erwiderte der Hexenälteste, blickte von ihr auf und richtete das Wort jetzt an alle. »Sobald die Sonne ihren höchsten Punkt am Himmel erreicht hat, müsst ihr wieder zurück sein und mit dem Brauen eures Trunks beginnen. Habt ihr verstanden?«

»Ja!«, riefen die angehenden Junghexen im Chor.

»Na dann … viel Erfolg!« Kaum hatte er das gesagt, flitzten die Hexenschülerinnen und Hexenschüler los.

6.
Eine nasse Rettungsaktion

»Ein Mutmach-Trunk, pfff!«, murmelte Pina vor sich hin, während sie kurz darauf durch den Wald stapfte. Sie versuchte sich zu erinnern, welche Kräuter sie dafür brauchte.

Sie blieb vor einigen Brennnesseln stehen und betrachtete sie grübelnd. »Nein. Brennnesseln wirken eher entwässernd und entzündungshemmend.« Sie drehte den Kopf zur Seite und jauchzte. »Was für ein Glück! Da ist Zitronenmelisse. Die brauche ich auf jeden Fall.« Schnell lief sie hin und zupfte ein paar Stängel aus dem Strauch. »Danke«, wisperte sie dem Pflänzchen entgegen, verstaute ihren Fund in der Kapuze ihres Umhangs und setzte die Suche fort. Sie musste nicht lange weiterlaufen, da fand sie Sonnenkraut und eine Ginsengwurzel.

»Das läuft ja wie am Schnürchen. Jetzt fehlen mir nur noch ein paar Königskerzenblüten und dann kann ich schon zurück und den Zaubertrank mischen«, freute sie sich, aber da … klingelte es plötzlich in ihren Ohren.

Pina sah sich zu allen Seiten um, und dann hörte sie auch schon das Quaken einer Ente. Obwohl sie die Sprache der Enten nicht fließend sprach, verstand sie sie recht gut.

»Hiiilfe! Mama, hilf mir!«, rief das Entchen, und Pina konnte nicht anders, sie musste ihre Kräutersuche unterbrechen und den Hilferufen folgen.

Sie rannte durch das Unterholz und sprang über einen umgefallenen Baum. Kurz darauf lag da ein zweiter, dritter, ein vierter und sogar ein fünfter. Pina wunderte sich zwar über die kreuz und quer liegenden Baumstämme, aber sie hatte jetzt keine Zeit, darüber nachzudenken.

Das Entenküken quakte immer noch ganz kläglich. Seine Rufe führten sie geradewegs zu einem der vielen kleinen Seen, die es im Hexenwald gab. Sie alle waren durch ein unterirdisches Netz mit einer Quelle verbunden. Von dieser breitete sich die Magie im ganzen Wald aus und schenkte allem Leben weit und breit Kraft und Zauber.

Am Ufer angelangt, blieb Pina stehen. Sofort erblickte sie das Entchen in Not. Es schwamm auf dem See und, sosehr es auch strampelte, es schien nicht von der Stelle zu kommen.

»Mama! Mama!«, rief es, während die Mutter mit den restlichen Küken am Ufer des Sees aufgeregt auf und ab watschelte. Wahrscheinlich wagte sie es nicht, ihre anderen Entenküken allein zu lassen.

Pina überlegte kurz, dann hellte sich ihr Gesicht auf. »Aber natürlich. Ich lasse es einfach schweben. Genau wie meine Bettdecke heute Morgen!«

Sie richtete einen Zeigefinger auf das Entchen und ließ ihn in die Höhe schnellen. Doch der Zauber funktionierte nicht! Es hatte sich keinen Zentimeter von der Wasseroberfläche erhoben.

Sie stutzte. »So wird das nichts.« Hektisch suchte sie die Umgebung ab, und als sie einige lange Äste erspähte, kam ihr eine Idee.

Sie legte sie nebeneinander und verband sie mit Luftwurzeln und Spinnweben, die sie mit einem gemurmelten Zauber aus den Sträuchern um sich herum gezogen hatte. Dann schob sie das Floß ins Wasser, legte sich bäuchlings darauf und paddelte dem Entenküken entgegen. Dabei fiel ihr auf, dass sie nur schwer vorwärts kam. Sie schaute sie ins Wasser. Es war voller schwarzer Algen! Sie wurden immer dichter und stanken ziemlich.

»Bääh!« Pina rümpfte die Nase. »Was ist denn hier passiert?« Nur mit viel Mühe und Not schaffte sie es schließlich zum Entchen.

»Keine Angst. Ich helfe dir«, sagte sie auf Entisch. Sie umfasste das Küken behutsam und wollte es aus dem Wasser heben. Es schien jedoch festzuhängen. Pina robbte auf ihrem Floß vor und betastete die Entenfüße. Tatsache: Das glitschige Grünzeug hatten sich darum gewickelt. Kein Wunder, dass das Küken nicht vom Fleck kam!

Sie fing sofort an, es zu befreien. Kurz darauf hatte sie es geschafft und hob die kleine Ente aus dem Wasser. Sie platzierte sie neben sich auf dem Floß und paddelte wieder Richtung Ufer.

Nach nur wenigen Metern wurden ihre Arme ganz lahm, die Algen machten das Fortkommen fast unmöglich. Viel schlimmer war jedoch, dass die Spinnweben und Lianen die Äste nicht mehr richtig zusammenhielten! Langsam, aber sicher drifteten sie unter Pina auseinander.

Schnell schnappte sie sich das Entenküken und setzte es sich auf den Kopf – mitten hinein in ihre Wuschelmähne. Ausnahmsweise hatte es mal etwas Gutes, dass ihre Frisur einem Nest ähnelte!

Dann legte Pina sich ins Zeug. Sie paddelte und paddelte, bis ihre Arme brannten, und die Anstrengung zahlte sich aus. Sie schaffte es ganz nah ans Ufer – und schon löste sich das Floß unter ihrem Bauch völlig auf. Zum Glück war der See an der Stelle nicht mehr tief, und sie konnte das letzte Stück an Land waten.

Dort wurde sie schon von der besorgten Enten-

mutter und den anderen Küken erwartet. »Quentin, Quentin!« – »Was ist passiert?«, quakten sie wild durcheinander.

»Nur mit der Ruhe. Seine Füße hatten sich verfangen«, antwortete Pina, weil Quentin offenbar vor Schreck kein einziges Quak herausbekam. Kaum hatte sie ihn auf den Boden gestellt, scharten sich alle um ihn. Die Mutter schnäbelte den Kleinen liebevoll und schnatterte Pina entgegen: »Danke. Danke für deine Hilfe!«

»Gern geschehen.« Pina sprudelte beinahe über vor Stolz. Doch da kitzelten sie ein paar Sonnenstrahlen an der Nasenspitze. Sie blinzelte zum Himmel hinauf. Und schlagartig verschwand das Lächeln aus ihrem Gesicht: die Sonne! Sie näherte sich ihrem höchsten Punkt!

»Oh nein!« Erschrocken schnappte sie nach Luft. »Ich muss schnell weiter! Passt schön aufeinander auf und … Tschüss!«, rief sie der Entenfamilie zu und hetzte los.

7.
Die allerletzte Königskerze

Pina lief halb um den See herum und bog dann wieder in den dichten Wald ein. Zum Glück wusste sie in etwa, wo die Königskerzen wuchsen. So musste sie nicht lange suchen, nur einen steilen Hügel hinaufsteigen.

»Ich werde den besten und stärksten Mutmach-Zaubertrank aller Zeiten mischen, den stärksten Hexeneid schwören, den es je gegeben hat, und dann auf große Wanderschaft gehen!«, feuerte sie sich schnaufend an.

Oben angelangt, richtete sie den Blick nach vorne, und ihr Herz setzte vor Schreck einen Schlag aus.

»Was?! Wo sind all die Königskerzen hin?« Dort, wo normalerweise ein Meer kunterbunter Königskerzen wuchs, entdeckte Pina nur eine kahle Wiese. Und nicht weit entfernt sah sie einen dunkelbraunen Ponypopo mit wedelndem Schweif.

Ohne ihn aus den Augen zu lassen, ging sie weiter – und erstarrte. Denn das Tier war drauf und dran, sich über die letzte Königskerze herzumachen!

»Halt!«, rief sie, bevor es hineinbeißen konnte.

Das Pony hielt inne und drehte den Kopf nach ihr um.

»Hey, ich kenne dich doch«, stellte sie fest, als sie den strahlend weißen Stern auf seiner Stirn erblickte.

»Tatsächlich?« Das zerzauste Pony schien nachzudenken, dann pustete es sich die Mähne aus der Stirn. »Äh, ich meine: kann schon sein. Ich komme viel rum und bin in diesem Wald so was … wie eine Berühmtheit. Wahrscheinlich hast du die eine oder andere Heldengeschichte über mich gehört.«

Pina schüttelte den Kopf. »Nun ja, eigentlich habe ich dich während des Hagelschauers bei unserem Hexendorf gesehen und deine Hilferufe gehört. Ich bin froh, dass es dir gut geht! Du sahst vorhin ziemlich verängstigt aus.«

»Ich?!« Das Pony schnaubte. »Oh! Nein, nein. Du musst mich mit einem anderen Pony verwechseln. Ich habe keine Angst. *Niemals.* Naa-hein. Ich bin nämlich so mutig wie ein Drache. Ich bin schlau wie ein Fuchs – und flink wie ein, äh …«

»… Wiesel?«, schlug Pina vor. Dann sprach sie weiter: »Ich würde wirklich unheimlich gerne erfahren, was du alles erlebt hast. Es ist nur leider so, dass ich es schrecklich eilig habe und …«

Das Pony schien ein wenig eingeschnappt zu sein. »Na, dann lass dich nicht von mir aufhalten. Ich unterhalte mich ohnehin am liebsten mit …« Es sah sich kurz um. »... na, mit mir selbst halt«, wieherte es und streckte seine Nase wieder der Königskerze entgegen.

»STOPP!«, rief Pina. »Ich brauche diese Blume. Bitte! Ich habe einen langen Weg hinter mir, nur um an ein paar ihrer Blüten zu kommen – du darfst sie nicht fressen, denn dann ist alles verloren!«

Das Pony hielt inne und erwiderte: »Wie überaus dramatisch! Tut mir leid für dich, aber ich habe sie zuerst gesehen. Und deswegen gehört der leckere Mittagssnack alleine mir.« Es öffnete sein Maul.

»Hattest du denn nicht schon genug?«, stieß Pina verzweifelt hervor. »Du hast hier doch die ganze Wiese leergefuttert.« Sie breitete die Arme aus.

»Moooo-ment mal! Du glaubst, dass *ich* die alle gefressen hätte?«, empörte sich das Pony »Nee, nee! Die Wiese war schon so kahl, als ich hier aufgetaucht bin.«

»Wirklich?«

Das Pony nickte, worauf Pina sich den Schopf kratzte. »Das ist ja seltsam. So kurz nach der Regenzeit müsste hier doch alles sprießen.«

»Tja, tut es aber nicht. Und es ist nicht meine Schuld, dass es im Wald kahler aussieht als sonst«, sagte das Pony.

»Dann ist *das* wirklich die letzte Königskerze weit und breit.« Sie schluckte.

»Jap«, bestätigte das Pony.

Pina sah es flehend an. »Ich weiß, du hast sie zu-

erst entdeckt, aber ich brauche sie ganz, ganz dringend, verstehst du?«

Das Pony zuckte nur kurz mit den Ohren.

Verzweifelt legte Pina den Kopf schief, machte Kulleraugen und schob die Unterlippe vor – genau, wie sie es von Talami kannte. Und siehe da …

»Aaach, na schön«, schnaubte das Pony. »Sagen wir, ich überlasse dir dieses Grünzeug. Was bietest du mir an als Ersatz?«

»Ersatz? Ähm, wie wäre es mit …« Pina blickte sich um. »… Brennnesseln? Oder Löwenzahn. Beides wächst unten am Hügel in Hülle und Fülle.«

Das Pony flatterte mit den Nüstern. »Genau deswegen wollte ich zur Abwechslung mal was anderes naschen«, erwiderte es. »Aber du könntest mir zum Beispiel ein wenig Honig besorgen.«

»Honig?«

»Du weißt schon. Dieses süße, klebrige Zeug. Gleich dort drüben gibt's welchen. Aber ich komme nicht dran. Und er wird schwer bewacht von diesen summenden Brummern.«

Pina nickte. »Du meinst – Bienen?«

»Na, sag ich doch«, wieherte das Pony.

Sie warf einen Blick in den Himmel. Die Sonne stand schon beinahe senkrecht über ihren Köpfen. Die Zeit lief ihr davon! »Kann ich dir den Honig heute Abend bringen?«

»Leider nicht, denn heute Abend werde ich nicht mehr hier sein. Ich ziehe umher wie ein Wolf, frei und ungebunden, wild und gefährlich. Immer auf der Suche nach dem nächsten Abenteuer. Das ist es nämlich, wofür ich geboren wurde – und nicht, um öde und angepasst in einer Herde mitzulaufen«, sprudelte es aus dem Pony hervor.

Pina wusste nicht recht, was sie darauf erwidern sollte. »Tja, dann habe ich wohl keine andere Wahl. Na schön. Führ mich schnell zu dem Honig, und ich schaue, was sich machen lässt.«

Das Pony wieherte und trabte beschwingt los. Pina warf der Königskerze einen letzten sehnsüchtigen Blick zu. Dann folgte sie dem schokobraunen Zottel.

8.
Honig um jeden Preis

Während sie dem Pony zwischen den Farnwedeln hinterhereilte, schielte sie immer wieder zur Sonne hinauf. Natari und die anderen standen bestimmt bereits am Kessel und rührten ihre Zaubertränke an!

Da hörte Pina das Summen eines Bienenschwarms, und kurz darauf standen sie vor einem Baum, in dem das Nest hing. Drum herum schwirrten unzählige Bienen.

Das Pony sah Pina erwartungsvoll an, worauf sie sich räusperte und den Insekten entgegensummte: »Sssssss. Ssss ssss bsssssss!«

Die Ohren des Ponys zuckten. »Was machst du denn für seltsame Geräusche? Bist du kaputt?«

»Nein, ich spreche Bienisch«, erklärte Pina stolz und summte weiter: »Entschuldigt bitte. Hallo, ihr lieben Bienen?«

»Wass willsssst du?«, summten die Insekten im Chor.

»Ich möchte wisssen, ob ihr unsss vielleicht ein wenig von eurem sssüßen Honig abgeben könntet.«

»Dasss issst aussgeschlosssen«, war die Antwort.

Aber sie ließ nicht locker. »Es musss wirklich nicht viel ssein, nur ein kleiner Kleckss.«

»Du bisst höflich und nicht aufdringlich. Dasss mögen wir.« Der Bienenschwarm machte eine kurze Pause, als würde er sich beraten.

»Wenn wir könnten, würden wir dir etwass abgeben, aber wir haben erssst vor kurzem diesses Nessst gebaut. Wir haben ssselbsst noch nicht genug Honig, um unsssere Larven und die Königin zu verssorgen. Komm in ein paar Tagen wieder, dann geben wir dir etwass ab.«

»Dass issst lieb von euch. Aber in ein paar Tagen issst ess leider zu sspät«, summte Pina. Sie war zwar

in Eile, dennoch vergaß sie nicht ihre Manieren. »Trotzdem danke. Einen ssschönen Tag und weiterhin gutessss Ssschaffen.« Sie drehte sich zum Pony, das sich mit der Zunge über die Nüstern schleckte.

»Und? Kriege ich den Honig oder nicht?«

Pina schüttelte den Kopf. »Leider nicht. Die Bienen haben im Moment nicht mal genug Honig für sich selbst.«

»Ich möchte doch nur einen ganz kleinen Happen!«, wieherte das Pony. Damit stellte es sich auf die Hinterbeine und versuchte, mit der Schnute ans Nest zu kommen.

»Nicht!« Pina streckte die Hand nach dem Pony aus und berührte es. Plötzlich durchzuckte sie ein kleiner Gewitterblitz, und erschrocken zog sie die Hand wieder zurück. Das Pony schien nichts dergleichen gespürt zu haben. Es war vollauf damit beschäftigt, an den Honig zu gelangen. Fast hatte das Pony es geschafft.

Da rief Pina: »Weißt du nicht, dass Bienen ziemlich ungemütlich werden können, wenn man ihren Honig klauen will?«

»Nur keine Aufregung«, erwiderte das Pony und reckte den Hals. »Nur noch ein … ganz … kleines … Stückchen«, wieherte es, öffnete das Maul, rollte die Zunge aus und – kam jetzt an das Nest heran!

»Nicht! Sonst fällt …« Bevor sie den Satz beenden konnte, war es bereits geschehen: Genau wie sie befürchtet hatte, löste sich das Nest von der Astgabel, fiel zu Boden und zerbrach in zwei Hälften. Pina sog scharf die Luft ein.

»Ooh, lecker!«, rief das Pony. Doch ehe es die süßen Waben vom Boden schlabbern konnte, stürzten sich die Bienen auf es.

»Hey! Lasst mich in Ruhe!«, wieherte es und schüttelte die Mähne.

So einfach aber ließen sich die Bienen nicht abwimmeln. »Du hassst unsser Nesst kaputt gemacht und wolltessst unsseren Honig klauen!«, summten sie. »Na warte. Dir werden wir ess zeigen!«

»Aah! Das war keine Absicht, es tut mir leid!«, jammerte das Pony, bäumte sich auf und stampfte mit den Vorderhufen.

»Er hat ess nicht bössse gemeint!«, versuchte Pina

sogleich zu schlichten. »Bitte. Lasssst unsss in Ruhe über alless reden!«

Die Bienen jedoch hörten nicht auf sie. Es war, als würden sie Pina überhaupt nicht mehr wahrnehmen, so böse waren sie dem Pony.

Sie gab trotzdem nicht auf. »Ich werde esss reparieren.« Vorsichtig hob sie die zwei Teile des Nestes auf, wobei der Honig an ihren Fingern hinunterrann. »Vielleicht schaffe ich dasss irgendwie«, murmelte sie und hätte beinahe das Nest fallen gelassen, als sie in einer der Hälften die Bienenkönigin erblickte.

»Eure Majessstät.« Respektvoll neigte sie den Kopf, wie es sich gehörte.

»Ich erwarte zu erfahren, wassss geschehen issst! Wiessso ist unssser Nessst zerssstört?«, summte die Königin verärgert.

»Dasss war ein dummesss Versssehen«, erklärte Pina, während sie kurz zum Pony hinübersah. Inzwischen war es komplett vom Schwarm umzingelt und buckelte wie wild. »Wir können dasss sssicher friedlich klären. Würde Eure Hoheit vielleicht die Kolonie bessänftigen?« Sie drehte die Nesthälfte,

damit die Bienenkönigin verstand, was sie meinte.

»Issst *er* etwa für die Zersssstörung verantwortlich?«, fragte die Bienenkönigin. Pina nickte zerknirscht. »Dann hat er diesse Lektion verdient! Ssie wird ihn lehren, sssich von einem Bienennessst fernzuhalten«, brauste die Königin auf.

»Eure Majessstät, bitte stecht ihn nicht. Ich bin sicher, dassss er sssich nie wieder einem Bienenvolk nähern wird«, legte Pina erneut ein gutes Wort für das Pony ein.

Die Königin musterte sie einen Augenblick. Schließlich seufzte sie und wandte sich an ihre Bienenkolonie: »Ihr könnt zwar noch ein wenig mit ihm ssspielen, aber tut ihm nicht weh. Habt ihr gehört? Stechen ist verboten!« Sie sah zu Pina. »Zufrieden?«

»Nun ja, nicht ganz … aber danke ssschön«, erwiderte sie und wollte dem Pony gerade die guten

Nachrichten übersetzen, da drehte es vollkommen durch. Buckelnd nahm es Reißaus und galoppierte davon.

»Bleib hier!«, rief Pina ihm hinterher. »Du kannst nicht vor ihnen weglaufen.«

»Ich kann es zumindest versuchen!«, wieherte das Pony, ohne stehen zu bleiben.

Mit flatterndem Umhang und den Nesthälften in den Händen jagte sie dem Pony und den Bienen hinterher. Sie rannten geradewegs zurück zur Königskerzen-Wiese. Zumindest stimmte die Richtung, damit Pina vielleicht doch noch ihre Aufgabe schaffen könnte!

Doch plötzlich stockte ihr der Atem: Das Pony galoppierte wie von Sinnen … direkt auf die letzte Königskerze zu!

»Vorsicht!«, schrie sie. Doch das Pony hörte sie nicht und zertrampelte die Pflanze mit den Hufen.

In Pinas Brustkorb krampfte sich alles schmerzhaft zusammen, während das Pony weiter Richtung Wald buckelte und schließlich zwischen den Bäumen verschwand.

Pina blieb an dem niedergetrampelten Kraut stehen und fiel vor ihm auf die Knie.

Behutsam legte sie die Bienennest-Hälften neben sich ab und streckte die Finger nach der Königskerze aus. Vielleicht würde sie ja noch eine Blüte finden – nur eine einzige, die nicht zerquetscht war!

Vorsichtig durchforstete sie die Überreste der Pflanze. Doch es gab keine unbeschädigte Blüte. Sie starrte auf die matschigen Blütenblätter in ihren Händen. »Das war's dann wohl. Vorbei der Traum, endlich eine Junghexe zu werden«, wisperte sie und versuchte den dicken Kloß in ihrem Hals hinunterzuschlucken.

»Vorbei issst esss erssst, wenn du aufgibssst«, hörte sie die Bienenkönigin summen.

Pina blickte überrascht zu ihr rüber. Hatte sie gerade etwa Bienisch gesprochen, ohne es zu merken?

»Ich weiß zwar nicht, worum esss hier geht …«, fuhr die Bienenkönigin fort. »… aber eines weiß ich genau: Wir Bienen geben niemalsss auf, und

dasss sssolltessst auch du nicht, wenn dir etwasss wichtig issst.«

Pina betrachtete die Blüten in ihren Händen. »Ihr habt recht, Eure Majesstät!«, sagte sie schließlich voller Entschlossenheit. »Ich muss esss wenigsstenss verssuchen!« Sie steckte die Blütenblätter der Königskerze in ihre Kapuze und sah zum Himmel hinauf. Die Sonne stand fast an ihrem höchsten Punkt.

»Dasss wird knapp, aber … Oh nein! Ich mussss ja noch euer Nessst reparieren.«

»Keine Ssorge. Leg die Teile einfach in eine Assstgabel. Meine Arbeiterinnen werden den Ressst erledigen. Esss gibt ohnehin niemanden, der esss bessser könnte.«

Pina war ganz stumm vor lauter Dankbarkeit.

»Und nun trödele nicht weiter herum. Du hassst esss doch eilig, oder nicht?«

»Oh ja, und wie! Danke!« Rasch hob sie die Nesthälften auf und brachte sie zu einem Baum am Waldrand. Kurz lauschte sie nach Hufgetrappel, aber das Pony war nicht zu hören. Ob es die Bienen

mittlerweile losgeworden war? Doch dann verbannte sie es aus ihren Gedanken. Sie verabschiedete sich mit einem Knicks von der Bienenkönigin und wetzte los.

Als Pina kurze Zeit später keuchend den Schulhof erreichte, waren die anderen bereits dabei, ihre Zaubertränke anzurühren.

»Bin ich … bin … ich … ?«, japste sie außer Atem.

Der Hexenälteste sah von ihr zum Himmel hinauf. »Du bist spät, Pina. Aber gerade noch rechtzeitig. Bitte.« Mit einer Armbewegung deutete er zu ihrem Kessel.

Auf den Weg zu ihrem Platz wechselte sie einen Blick mit Natari. *Wo warst du bloß so lange?*, stand in ihrem Gesicht geschrieben.

Pina zuckte mit einer Schulter und fing dann endlich an: Sie füllte etwas Wasser in den Kessel und stellte ihn auf das Feuer. Zaubertränke anzurühren war eine Kunst. Jeder Handgriff musste sitzen, und man musste unzählige Rezepte auswendig können. Sie erinnerte sich, dass für den Mutmach-Trunk das

Wasser nur erhitzt, aber nicht zum Kochen gebracht werden durfte. Schnell lief sie zum Regal mit den getrockneten Kräutern und suchte zusammen, was sie benötigte. Mit den Armen voller Flakons kehrte sie an ihren Platz zurück.

Erleichtert, kein Fläschchen fallen gelassen zu haben, atmete sie durch. Dann fiel ihr siedend heiß das Wasser ein! Sie griff nach dem Kessel und zog ihn vom Feuer. Anschließend fischte sie die Ginsengwurzel und das Sonnenkraut aus ihrer Kapuze. Beides legte sie neben die Gläser mit den getrockneten Kräutern.

Das Wachstumselixier für Pflanzen hätte Pina mit verbundenen Augen anrühren können. Bei dem Mutmach-Trunk hingegen …

»Wie war das noch mal?«, grübelte sie vor sich hin und nagte auf der Unterlippe herum. »Richtig! Der Ginseng zuerst. Der muss länger ziehen als alles andere.«

Schnell griff sie nach der Wurzel. Kaum hielt sie die in den Händen, kam ihr eine Idee: Wenn sie die

Wurzel zerdrückte, könnte sie ihre Ziehdauer ein wenig verkürzen und so etwas Zeit aufholen.

Sie suchte die Fläche um sich herum nach einem Handmörser ab, doch Fehlanzeige. Da fiel ihr Blick auf ihre Schuhe. Im Nu stand sie, auf einem Bein hüpfend, hinter ihrem Tisch und zog den linken Stiefel aus. Mit dem Absatz haute sie die Wurzel platt. Während die Gläser laut klirrend auf dem Tisch hüpften, richteten sich alle Augen auf Pina.

»'tschuldigung.« Sie lächelte verlegen und zog ihren Schuh an, worauf alle wieder wegschauten.

Nachdem sie die Ginsengwurzel in den Kessel geworfen hatte, wartete sie, bis das Wasser sich leicht gelblich verfärbte. Anschließend fügte sie die restlichen Zutaten hinzu. Als der Dampf genau die richtige zitronige Note hatte, holte sie die zermatschten Blütenblätter der Königskerze hervor.

»Bitte lasst den Zaubertrank gelingen«, murmelte sie und ließ die Blütenblätter in den Kessel fallen.

9.
Einfach umwerfend

BAAA-BUUUMMM! Ein Knall erschütterte den gesamten Schulhof, dann stieg Rauch auf und hüllte Pina ein. Nachdem er sich größtenteils verzogen hatte, saß die Hexenschülerin breitbeinig und rußverschmiert auf dem Boden. Ihre Haare standen noch mehr ab als sonst, und als sie hüstelte, stiegen kleine Rauchwölkchen aus ihrem Mund.

»Geht es dir gut?« Besorgt eilte der Hexenälteste auf sie zu.

»Ja. Mir ist nichts passiert«, erwiderte sie ein wenig benommen und räusperte sich. »Glaub ich.«

Der Hexenälteste hielt ihr eine Hand hin. »Was hast du da hineingeworfen?«

»Nichts, was so hätte in die Luft gehen sollen«,

antwortete Pina, und in ihr schwand jede Hoffnung, ihre Prüfung zu bestehen. Sie ergriff die Hand des Hexenältesten und ließ sich von ihm auf die Beine ziehen. Danach strich sie sich ein paar Haarsträhnen aus dem Gesicht und bemerkte, wie der Hexenälteste die Hand anstarrte, die er ihr gereicht hatte. Er rieb mit dem Daumen über die Finger, roch an ihnen und leckte sie ab.

»Interessant«, sagte er, drehte sich um und schritt davon. Dann blieb er in der Mitte des Schulhofs stehen und wandte sich an die Schülerschaft. »Die Prüfungszeit ist abgelaufen, bitte legt die Rührlöffel beiseite. Wir werden die Zaubertränke jetzt testen.

Wer bestanden hat und …« Er drehte den Kopf zur Seite und schien Pina geradewegs anzusehen. »… wer durchgefallen ist, erfahrt ihr auf dem Zeremonie-Platz, sobald wir mit unserer Beurteilung fertig sind. Ihr dürft euch nun entfernen.«

Alle Schülerinnen und Schüler setzten sich in Bewegung. Nur Pina stand wie angewurzelt da und starrte vor sich hin. So wie der Hexenälteste sie angesehen hatte, war sie sicher, dass sie die Prüfung vermasselt hatte. Und zwar ganz *schlamasselig* vermasselt! Natürlich hatte sie das! Ihr Zaubertrank war *explodiert*!

In diesem Moment legte sich ein Arm um ihre Schultern. »Komm. Lass uns auch gehen«, sagte Natari leise und lächelte sie an. Pina versuchte zurückzulächeln, doch es wollte ihr nicht so recht gelingen. Sie ließ sich von ihrer Freundin davonführen.

Während die anderen Prüflinge bereits auf den Weg zum Marktplatz waren, blieb Pina an den Lianen-Schaukeln des Schul-Mammutbaumes stehen und setzte sich. Natari sah sie voller Mitgefühl an und nahm neben ihr Platz.

Jetzt brach alles aus Pina hervor, und sie schüttete Natari ihr Herz aus. Sie erzählte, was im Wald passiert war, wie sie nach den Kräutern gesucht hatte – und wie dann einfach alles schiefgegangen war. Sie ließ nichts aus, angefangen beim Entenküken bis zur Explosion.

»Wenn dieses Pony nicht die letzte Königskerze zertrampelt hätte, hätte ich die Prüfung sicher bestanden. Stattdessen muss ich jetzt weitere dreihundert Jahre pauken, bevor ich endlich auf Wanderschaft gehen darf.«

»Jetzt warte doch erst einmal ab«, machte Natari ihr Mut. »Vielleicht hast du ja Glück.«

Pina schniefte laut auf. »Meinst du wirklich?«

Natari nickte.

»Du hast recht! Ich meine – warum nicht?« In ihr regte sich neue Hoffnung. Doch genau in dem Augenblick löste sich die Liane, auf der sie saß, vom Baum, und Pina landete auf ihrem Hosenboden.

»So viel zu meinem Glück heute!« Sie betrachtete die seltsam vertrockneten Lianen-Stränge in ihren Händen. Erst der Schrei eines Vogels lenkte ihre Aufmerksamkeit von ihnen ab. Sie schaute zum Himmel hinauf und sah dort den Adler von heute Morgen durch die Lüfte gleiten.

»Hallo«, hörte sie fast zeitgleich jemanden sagen. Sie wandte den Kopf zur Seite, und vor ihr stand die Hexe mit der Hakennase.

»Was machst *du* denn hier?«, fragte Pina und ließ die Liane los.

»Ich will etwas mit den Hexenältesten besprechen, bevor ich das Dorf gleich nach der Zeremonie wieder verlassen muss. Aber erzähl du mal. Wie ist es gelaufen?«, erkundigte die Hexe sich.

»Nicht gut.« Pina rappelte sich auf. »Ganz und gar nicht gut. Hast du die Explosion eben gehört?«

»War das etwa …«, fing die Hexe an.

»Ja! Das war mein Trunk, der so geknallt hat.«

Nachdenklich schaute die ältere Hexe sie an. »Verstehe. Ich drücke dir trotzdem ganz fest die Daumen. Und dir selbstverständlich ebenfalls«, sagte die Hexe zu Natari. »Denkt daran: Egal, ob ihr besteht oder nicht, ihr habt eine gute Ausbildung erhalten. Die heutige Prüfung, eure Wanderschaft – das sind bloß zwei Herausforderungen von vielen, die auf euch warten.« Bei ihren nächsten Worten musterte sie besonders Pina sehr eindringlich: »Und auf einige davon kann euch nicht einmal eure Hexenschule vorbereiten. Es kommt dann einzig auf den Glauben an euch selbst und die Kraft eures Herzens an. Habt ihr das verstanden?«

Die Freundinnen nickten bedächtig. »Danke«,

flöteten sie, als Pina plötzlich den Adler lautlos von hinten auf die Hexe zugleiten sah. Sie wollte sie gerade warnen, denn der Vogel streckte schon seine Fänge nach ihr aus – aber da hob die ältere Hexe, ohne sich umzudrehen, auf einmal den Arm zur Seite, und der Greifvogel landete darauf. Er faltete die Flügel ein und legte den Kopf schief, während er Pina wieder mal mit seinem Blick fixierte.

Sie schaute von dem Vogel zu der Hexe und begriff mit einem Mal, wer vor ihr stand.

Auch bei Natari war der Groschen gefallen, und sie hauchte: »Du bist …«

»… Indaja, die Adlerhexe!«, fiel Pina ihr ins Wort. Die Freundinnen starrten ihr Gegenüber voller Bewunderung an.

Die Hexe nickte bescheiden. »Die bin ich. Und das ist Gahaar.«

»Oh, wir beide kennen uns schon«, gluckste Pina. »Ich meine, nur ganz flüchtig.«

Indaja lächelte. »Ich weiß. Gahaar und ich …« Sie sah den Vogel an und streichelte über sein Bauchgefieder. »Wir haben keine Geheimnisse voreinander.«

»Ah, er hat's dir also erzählt.« Sie errötete bei der Erinnerung daran, wie sie heute früh beinahe aus dem Fenster gepurzelt wäre, wenn Gahaar ihr nicht geholfen hätte.

»Nein. Das musste er gar nicht. Ich hab's gesehen«, sagte die Hexe. »Durch seine Augen.«

Natari und sie staunten.

Indaja lachte kurz auf. »Was er sieht, sehe auch ich – und umgekehrt. Er ist mein Seelentier. Seit Gahaar und ich einander gefunden haben, kennen unsere gemeinsamen Zauberkräfte keine Grenzen. Das ist zwar einfach zu beschreiben, aber schwer zu begreifen«, erklärte sie. Dann schaute sie Pina an und fuhr fort: »Aber wer weiß? Vielleicht wirst du es eines Tages verstehen.«

10.
Was für eine Überraschung!

Nachdem Pina und Natari sich von Indaja verabschiedet hatten, machten sie sich auf den Weg zum Marktplatz. Sicher würde es nicht mehr lange dauern, bis die Lehrerinnen und Lehrer die Zaubertränke geprüft hätten und der Hexenälteste die Ergebnisse mitteilte. Pina hätte sich am liebsten irgendwo verkrochen, denn ihr Bauchgefühl sagte ihr ganz eindeutig, dass sie als Einzige nicht bestanden hatte.

»Was glaubst du, wie deine Blüte aussehen wird?«, fragte Natari und holte Pina aus ihren Gedanken. »Also ich glaube, meine wird wunderschön. Vielleicht rosarot.«

Pina schluckte. »Also, ich glaube, ich darf gar nicht an der Zeremonie teilnehmen.«

Natari blieb abrupt stehen. »Krötenschleim und Spinnenfuß, was ist denn heute los mit dir? Du bist doch sonst nicht so grummelig.« Sie gab ihr einen Stups in die Seite. »Indaja hat doch auch gesagt: Glaub an dich. Noch steht gar nichts fest!«

Das tröstete Pina leider kein bisschen. »Aber was ist, wenn ich zwar bestanden habe – aber dann meine Blütenknospe nicht erblüht?«

»Mach dir keine Sorgen.« Natari drückte aufmunternd ihre Hand. »Und jetzt ist Schluss mit den trüben Gedanken, husch, husch!« Sie fuchtelte mit der freien Hand kurz über Pinas Kopf, als könnte sie so ihre Unsicherheit vertreiben. Und es wirkte sogar: Sie fühlte sich ein klitzekleines bisschen besser.

Im Hexendorf erinnerte nichts mehr an das Chaos, das der Hagelschauer verursacht hatte. Alles war wieder aufs schönste geschmückt mit Girlanden aus Blättern, Blüten und Pflanzen, und kleine Kürbislampions erleuchteten die Wege zum Marktplatz, der für die Zeremonie hergerichtet war.

Kaum hatten Pina und Natari sich zu den anderen gesellt, tauchten die Lehrkräfte auf. Hinter ihnen schritt der Hexenälteste heran. Die Anspannung der Prüflinge war greifbar. Selbst Natari, die gerade noch so voller Zuversicht gewesen war, war kreidebleich. Pina schlug das Herz bis zum Hals.

Der Hexenälteste räusperte sich und tönte dann: »Liebe Junghexen-Prüflinge! Ich weiß, dass ihr alle darauf brennt zu erfahren, ob ihr bestanden habt. Deshalb werde ich euch nicht lange auf die Folter spannen. Eines *muss* ich jedoch loswerden … Pina?«

Vor Schreck brachte sie kein Wort hervor und sah den Hexenältesten bloß bange an.

»Bitte komm nach vorn.«

Mit einem mulmigen Gefühl im Bauch machte sie einen Schritt auf ihn zu. Sie schaute zu Boden, während er jetzt sagte: »Deine Prüfungsaufgabe, der Mutmach-Trunk …«

»… ich weiß. Ich hab ihn schlamasselig vermasselt«, sprudelte es aus Pina heraus.

Der Hexenälteste hob eine Hand, um sie zu unterbrechen. »Ganz im Gegenteil: Du hast bestanden.«

»Habe ich?«, quiekte sie.

»Ja. Und zwar mit Auszeichnung! Dein Mutmach-Trunk war der stärkste, der an unserer Dorfschule je zusammengemischt wurde. Ich denke, das lag an deiner Geheimzutat.«

Sie war verwirrt. »Geheimzutat?«

»Wie bist du nur auf die Idee gekommen, Honig in den Trunk zu geben?«, fragte der Hexenälteste.

»Oh, das – das war …«

»Das war genial!« Der Hexenälteste legte ihr eine Hand auf die Schulter, dann schaute er in die Schar der Prüflinge. »Und nun freue ich mich euch mitzuteilen, dass ihr bestanden habt. Und zwar ALLE!«

Im Nu brach lauter Jubel aus. Hexenhüte, bunte Ahorn- und Lindenblätter wurden in die Luft geworfen und fielen wie Konfetti auf die Köpfe der Junghexen.

»Ich habe bestanden«, murmelte Pina, die es

immer noch nicht glauben konnte. »Ich habe bestanden.« Sie rannte zu Natari. »WIR HABEN BESTANDEN!« Die beiden umarmten sich und hüpften jauchzend auf und ab.

Pina konnte ihr Glück kaum fassen. Ausgerechnet der Honig, der noch an ihren Fingern und den Blütenblättern geklebt haben musste, war der Grund, weswegen sie diesen hochwirksamen Zaubertrunk gebraut hatte! Und das hatte sie ja eigentlich nur diesem frechen Pony zu verdanken.

Was inzwischen wohl aus ihm geworden war? Sie musste sich unbedingt bei ihm bedanken. Aber sicher war der Abenteurer längst über alle Berge.

Da spürte sie, wie plötzlich eine Brise aufkam. Die Jubelrufe verstummten, und alle schauten sich gebannt um. Die Blüten-Zeremonie begann! Ein melodisches Windpfeifen erklang und kurz darauf ein sanftes Blätterrauschen. Froschgesang setzte ein, Grillen zirpten. Nach und nach wurden immer mehr Stimmen des Waldes laut.

Die zwei Freundinnen beobachteten, wie sich von ringsum grüne Ranken über den Boden in Richtung der Prüflinge schlängelten. Sie trafen sich im Zentrum des Marktplatzes, wo sie standen, und bildeten einen sich windenden Kranz um jeden Einzelnen von ihnen.

Pina spürte die Erde unter sich pulsieren. Ein Kribbeln durchlief sie von unten nach oben und kitzelte sie im Nacken. Jetzt war es so weit: Gleich würden Pina und die anderen aus ihrer Klasse den Hexeneid ablegen. Die Natur selbst würde entscheiden, ob sie der Magie würdig waren und auf Wanderschaft gehen durften. Nur dann würden sie auch ihre magischen Blüten erhalten. Diese waren die Verbindung zur Quelle der ureigenen Hexenmagie. Immerblühend würde Pina sie fortan als Brosche bei sich tragen. Und das konnte sie kaum noch erwarten!

Die frisch gebackenen Junghexen standen von Ranken umwoben in der Mitte des Marktplatzes. Die Pflanzen tasteten mit ihren zarten Spitzen vorsichtig Pinas Kopf ab, wuschelten durch ihre Haare und wuchsen anschließend blitzschnell zusammen, so dass sie Pina in einer Art Kokon einschlossen. Sie hatte sich immer gefragt, wie es sich wohl darin anfühlen würde. Es war … schön. Sie fühlte sich sicher und geborgen. Sie hatte genug Platz, um ihre Arme anzuwinkeln und den Kokon von innen zu berühren. Es gab ein paar Lücken im Geflecht, durch die sie nach draußen linsen konnte.

»Sprecht jetzt den Eid!«, hörte sie die Stimme des Hexenältesten, worauf die Schülerinnen und Schüler einstimmig mit einem Sprechgesang begannen.

»Als Junghexe werde ich helfen Pflanzen, Tieren, Trollen und Elfen. Auf alle Zeit gilt mein Schwur, zu handeln im Sinn der Natur.«

Kaum war die letzte Silbe des Eides verklungen, rüttelten und schüttelten sich die Kokons. Pina beobachtete, wie sich an jedem Knospen zu den schönsten Blüten öffneten. Dann lösten sich die Kokons glitzernd

auf, und die Junghexen erhoben sich stolz mit ihren Blüten in den Händen.

Die Dorfgemeinschaft klatschte, während nun auch an Pinas Kokon Blütenknospen hervorploppten. Hoffnungsvoll wartete sie darauf, dass sich eine von ihnen öffnete.

Plötzlich wurde es draußen mucksmäuschenstill. Pina sah zwischen den Schösslingen hindurch und bemerkte, dass alle gebannt zu ihr starrten.

Mit jeder Sekunde, die verstrich, wurde sie nervöser. »Och, komm schon. Wenigstens eine Blüte. Bitte!«, flehte sie leise und strich vorsichtig über die Kokonwände. Da schüttelte sich ihr Rankengebilde, und Pina hatte eine Idee: Sie fing an, die Pflanzenstängel zu kitzeln. Sogleich rüttelte sich ihr Kokon immer heftiger. Und dann passierte es endlich: Blatt für Blatt entfaltete sich eine wunderschöne lilafarbene Blüte und segelte sanft in ihre Hände.

»Danke«, hauchte sie selig, während der Kokon um sie herum verschwand.

Jetzt war gar niemand mehr zu halten. Jubel brach aus, und alle applaudierten, bevor eine der schönsten Feiern begann, die Pina in ihrem Heimatdorf je erlebt hatte.

Bis in die Dämmerung hinein wurde gelacht, gegessen und gesungen. Natari und sie tanzten, bis ihnen ganz schwindelig war vor Glück. Die Zeit verging wie im Flug, und ehe sie sich versah, war es so weit: Alle Junghexen durften packen …

Als Pina wenig später die Bodenklappe zu ihrer Baumhausstube öffnete, saß Talami auf dem Bett. Er futterte genüsslich Blananausbeeren. Doch das störte sie nicht. Denn schon in wenigen Minuten würde ihr neues Leben beginnen. Ein Leben voller Abenteuer und guter Taten!

Sie schnappte sich Talami und drehte sich mit ihm im Kreis. »Ich könnte platzen vor Freude!«, rief sie, blieb stehen und strahlte ihren Mitbewohner an. Der gab ein kleines Hicks-Geräusch von sich. Pina setzte ihn auf den Boden und wirbelte zu ihrer Schatztruhe, aus der sie nun ein Papiersäckchen nach dem anderen herausfischte.

»Hm, welche von den Kräutern soll ich mitnehmen?«, überlegte sie laut. »Ach, ich nehme einfach alle mit. Man weiß ja nie …« Entschlossen packte sie alles wieder ein, klappte den Deckel zu und tippte drei Mal mit dem Zeigefinger darauf. »Meine Truhe klein und fein, pass in die Tasche rein«, reimte sie, worauf die Holzkiste auf die Größe eines Fingerhuts schrumpfte. Zufrieden nahm Pina sie in die Hand. Sie warf sie in die Luft, fing sie wieder auf und steckte sie in ihre Hosentasche.

Dann sah sie zu Talami. »Pass schön auf unseren Baum auf. Und vergiss nicht, den Blananausbeerenstrauch zu gießen, in Ordnung?«

Talami blickte die Junghexe ganz traurig an und … hickste.

Sie lachte und wischte sich eine Träne aus dem Augenwinkel. »Ich hab dich auch lieb«, flüsterte sie dem Baumkratt zu und zog sich anschließend die große Kapuze ihres Umhangs über den Kopf. Sie schaute sich ein letztes Mal in ihrer Stube um und verließ anschließend das Baumhaus.

Von niemandem aber fiel ihr der Abschied so schwer wie von Natari. Am Waldrand drückten die zwei Freundinnen einander ganz innig.

»Ich wünsche dir eine schöne Zeit«, sagte Natari. »Auf dass deine Blüte viele Samen trägt.«

»Auf dass deine Blüte viele Samen trägt«, erwiderte Pina, worauf sie sich von Natari löste und in ihr erstes Abenteuer aufbrach – welches, ohne dass sie es ahnte, schon längst begonnen hatte.

11.
Zu zweit ist man weniger allein

Inzwischen marschierte Pina schon eine ganze Weile durch den Hexenwald und sah ihn mit neuen Augen. An einer moosüberwucherten Felsgruppe blieb sie stehen und blickte sich staunend um. Obwohl sie mittlerweile schon seit vielen Jahrhunderten hier lebte, überraschte der Wald sie täglich aufs Neue. Er war voller Zauber und Magie, stets im Wandel und … nicht ungefährlich, das wusste sie. Immerhin lebten hier Wesen und Kreaturen, die einem ganz schön Angst einjagen konnten. Doch als gute und hilfsbereite Hexe hatte man bei den meisten Lebewesen einen Stein im Brett und wurde gern gesehen.

Plötzlich wurde sie auf eine kleine Fee aufmerksam. Sie schwirrte hin und her und unterhielt mit ihrem Gesang die Wildblumen. Wie zum Dank streckten die sich ihr entgegen und versprühten ihren Pollen. Die Fee sammelte ihn ein und drehte dabei Pirouetten und Saltos, als Pina auf einmal das altbekannte Klingeln in ihren Ohren hörte.

Im nächsten Moment sah sie jemanden aus dem Wald auf die Wiese preschen. Überrascht zog sie die Augenbrauen in die Höhe. Das war doch das Pony!

Pina giggelte über seine ausgelassene und verspielte Art. Dann bemerkte sie, dass es im Affentempo auf die Fee zuhielt. Gerade noch rechtzeitig,

bevor es sie erreichte und fast umrannte, flatterte die Fee zur Seite.

Interessiert beobachtete Pina, wie das Pony sie daraufhin umkreiste, die Mähne hin- und herwarf und freudig vor sich hin schnaubte. Das machte es so lange, bis die Fee davon genug zu haben schien und floh.

»Hey, bleib doch hier!«, hörte sie das Pony wiehern. Es bäumte sich auf und galoppierte der Fee hinterher. Da schaltete das zarte Wesen den Turbo ein, und schon war es auf und davon.

Das Pony blieb stehen und blickte traurig in die Richtung, in die die Fee verschwunden war.

Pina tat das Pony leid. Offenbar war es immer noch ganz alleine und wollte nur spielen – aber es war einfach zu ungestüm für die Fee!

Schließlich wandte es sich ab und stapfte in den Wald. Kurz entschlossen lief Pina ihm nach. Vielleicht könnte sie es ja ein wenig aufheitern – und bedanken wollte sie sich auch bei ihm! Nur seinetwegen hatte sie ihre Prüfung mit Auszeichnung bestanden.

»Hallo!«, rief sie, als sie nah genug an ihm dran war.

Das Pony machte einen Satz.

»Oh, tut mir leid. Ich wollte dich nicht erschrecken.«

Das Pony drehte den Kopf zur Seite. »Oh nein! Nicht du schon wieder!«, schnaubte es und setzte sich wieder in Bewegung.

»Ähm, warte mal!«, rief sie.

»Ich … habe keine Zeit!«, erwiderte das Pony muffig.

»Was hast du denn vor?«, fragte Pina, wobei sie versuchte Schritt zu halten.

Das Pony wurde ein wenig langsamer. »Was ich vorhabe? Na – na, wichtigen Kram eben.«

»Vielleicht kann ich dir helfen. Ich bin nämlich eine ausgebildete Junghexe. Dank dir sogar mit Auszeichnung!«, verkündete sie stolz.

»Dann hilf mir doch einfach, dich loszuwerden«, entgegnete das Pony.

»Sehr gerne … Äh, was?« Pina stutzte. »Aber wieso denn?«

Das Pony wirbelte zu ihr herum. »Es ist was Persönliches, okay?«

»Das verstehe ich nicht. Ich habe dir doch nichts getan.«

»Als ich dir das letzte Mal begegnet bin, wurde ich dann von diesen summenden Brummern …«

»Du meinst Bienen«, berichtigte sie das Pony.

»Na, sage ich doch. Ich wurde von ihnen gejagt. Beinahe wäre ich sie gar nicht mehr losgeworden! Und ich habe wirklich keine Lust, so etwas noch einmal zu erleben«, zeterte es, drehte sich um und lief wieder los.

»Aber das war doch nicht meine Schuld!«

»Willst du damit etwa andeuten, dass es meine war?«, warf das Pony ihr über die Schulter zu.

»Ähm – also – wenn man es genau betrachtet, dann … ja.«

Das Pony schnaubte beleidigt und ging in einen leichten Trab über.

»Ach, komm schon.« Sie setzte ihm nach. »Können wir nicht einfach neu anfangen? Ich heiße Pina.« Sie wollte noch etwas hinzufügen, doch

plötzlich blieb das Pony so abrupt stehen, dass sie nicht schnell genug bremsen konnte und gegen sein Hinterteil prallte. »Hoppala«, entfuhr es ihr daraufhin nur.

Das Pony aber machte keinen Mucks. Stattdessen stand es wie zur Salzsäule erstarrt da.

»Was hast du denn auf einmal?«, fragte sie verwundert.

Das Pony reckte den Hals nach vorne. »D-da! W-was ist das?«

Pina stellte sich neben das Pony, und als sie dann geradeaus schaute, klappte ihr vor Schreck die Kinnlade nach unten. So etwas hatte sie noch nie gesehen: Die Waldwiese mitsamt den Blumen und Gräsern trocknete Zentimeter für Zentimeter

aus. Ja, die Wiese verwandelte sich vor ihren Augen in Heu. Obwohl ihr ziemlich mulmig zumute war, setzte sie langsam einen Fuß vor den anderen.

»Sag mal, spinnst du? Was wird das?«, wieherte das Pony, und Pina blieb wieder stehen.

»Ich muss herausfinden, was hier los ist.«

»Du – du kannst mich doch jetzt nicht alleine lassen. Äh, ich meine: Was, wenn diese Krankheit auch dich befällt? Willst du etwa genauso eingehen wie das ganze Grünzeug hier?«

Pina hielt inne. »Du hast recht. Vielleicht ist es ansteckend.« Es kam ihr auf einmal ein Gedanke: Ganz sicher war das ihr erstes Abenteuer als Junghexe! Sie wirbelte herum und wollte noch andere Stellen im Wald untersuchen, da bemerkte sie, dass die Wiese hinter ihr bereits ebenfalls verwelkte und ihr den Weg versperrte! Die sterbenden Pflanzen waren nur noch einen Katzensprung von ihr und dem Pony entfernt.

»Oh nein!«, rief sie, worauf das Pony und sie sich hektisch zu allen Seiten umsahen.

»Dort lang!«, wieherte es und galoppierte auch

schon los. Sie folgte ihm, so schnell sie konnte, durch eine schmale Gasse, die vom Welken bislang unberührt war.

Sie liefen von der Lichtung in den Schutz des noch grünen Waldes. Ohne stehen zu bleiben, blickte Pina sich nach einigen Metern um. Mittlerweile war fast die ganze Wiese völlig ausgetrocknet, und die Dürre kam unaufhaltsam immer näher. Sie schaute schnell wieder nach vorne und …

Bäuchlings landete sie auf dem Boden und stöhnte. Sofort blieb das Pony stehen und spähte zu ihr hinunter.

»Hey! Was machst du denn da? Jetzt ist wirklich nicht der richtige Augenblick für ein Päuschen!«

»Ich bin hingefallen, und jetzt hänge ich irgendwie fest!« Verzweifelt versuchte sie ihren Fuß unter einer Wurzel freizubekommen.

Das Pony zuckte mit den Ohren. Trotz der Entfernung sah sie ihm genau an, dass es Angst hatte und sich am liebsten aus dem Staub machen würde. Doch dann tat das Pony etwas völlig Unerwartetes. Es bäumte sich auf und kam auf sie zu.

»Nein! Lauf weg!«, rief Pina und wollte sich schnell mit Magie helfen. Aber sie konnte keinen klaren Gedanken fassen, geschweige denn sich an einen Zauberspruch erinnern!

Als das Pony bei ihr ankam, fing es sofort an, die Wurzeln mit den Zähnen auszureißen. Dabei nuschelte es: »Ich dachte, du bist eine Hexe. Mit Auszeichnung!«

»Bin ich auch!«

»Und wieso muss *ich* dann hier die Drecksarbeit erledigen?«, fragte es und zog mit aller Kraft das Wurzelwerk aus dem Boden. Bevor sich Pina bedanken konnte, nuschelte das Pony: »Köte ewas hopig weden!« … und preschte mit den Wurzelballen im Maul einfach los – aber sie hing noch darin! Und ehe sie sich's versah, wurde sie mitgerissen. Zum Glück hatte sie ihren magischen Hexenumhang, der sie schützte.

12.
Ein unverhoffter Fund

»Was in aller Hexen Namen ist da gerade passiert?!«, platzte es aus Pina heraus, nachdem das Pony endlich stehen geblieben war. Um sie herum war der Wald grün, die graue Wiese hatten sie hinter sich gelassen. »All die schönen Blumen …«, fuhr sie fort, während sie die Wurzeln von ihrem Fuß streifte und sich aufrichtete. »Alles dahin! Einfach so. Innerhalb von Sekunden.«

»Ich hab's auch gesehen. Ich war dabei. Schon vergessen?«, brachte das Pony hervor.

Pina versuchte sich zu beruhigen. »Aber … so was geschieht doch nicht ohne Grund. Oder was meinst du?«

»Also, wenn du mich fragst, sollten wir das Ganze am besten so schnell wie möglich vergessen und so tun, als wäre nichts gewesen«, wieherte das Pony. »Und falls du wissen willst, wie: einfach indem wir aufhören darüber zu sprechen. Der Rest stellt sich dann irgendwann von alleine ein.«

Die Junghexe schüttelte den Kopf. »Dadurch verschwindet doch aber das Problem nicht. Es wird nur noch größer.«

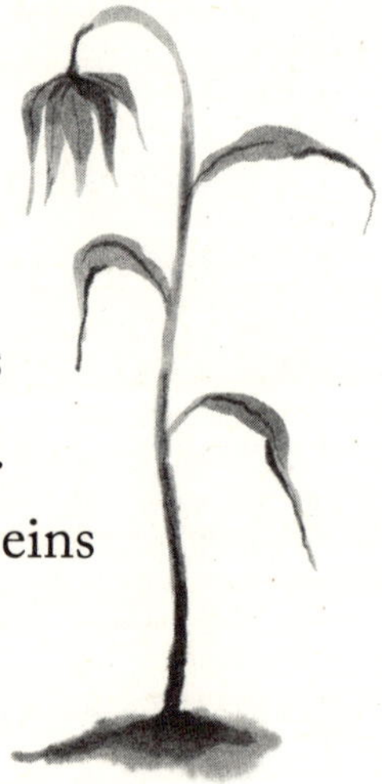

»Bitte … Ich bin fix und fertig.«

Mit einem Mal spürte Pina, wie aufgewühlt das Pony war. »Vielleicht hast du recht. Ja, lassen wir es für heute gut sein und tanken Kraft. Morgen sehen wir dann weiter. Aber eins noch.«

»Wenn es unbedingt sein muss«, schnaubte das Pony.

»Das muss es.« Pina nickte. »Danke. Was auch immer da vorhin passiert ist, ohne dich wäre ich nicht heil herausgekommen. Was du für mich getan hast, war wirklich sehr mutig.«

»Also, wenn es jetzt um all meine Heldentaten

geht … darüber können wir uns gerne noch ein wenig länger unterhalten«, erwiderte das Pony.

Pina schmunzelte und tätschelte seinen Hals.

»Oje, du bist ja ganz verschwitzt«, stellte sie dabei fest.

»Ach, halb so wild.«

»Von wegen! Wir müssen dich trocken kriegen und warm halten. Es wird langsam schon dunkel. Die Nächte im Wald können ziemlich kalt werden. Und wir wollen doch nicht, dass du krank wirst.« Sie zog ihren Umhang aus und legte ihn über seinen Rücken, anschließend streichelte sie seine Stirn. Da bemerkte sie plötzlich eine Schramme auf seiner Nase.

»Du bist nicht nur verschwitzt, sondern auch verletzt. Hast du einen Ast gestreift, als du vorhin so durch den Wald geprescht bist?«

»Fühlt sich bloß nach einem winzigen Kratzer an.«

»Ich werde ihn trotzdem versorgen. Damit er sich nicht entzündet.« Sie suchte die Felsbrocken neben sich ab und zupfte aus den Spalten zwischen ihnen

etwas, das wie Moos aussah. »Los, leg dich bitte hin«, bat sie, und das Pony gehorchte.

Sie setzte sich zu ihm und stopfte sich die Flechte in den Mund. »Isch mapf dir eine ripftig gute Heilpaffte. Dsie wird den Fmerz windern und deimer Haut helpfen fneller ftsu heilen«, erklärte sie kauend.

»Wie soll mir das Grünzeug helfen, wenn du es auffutterst?«, fragte das Pony.

»Efwas Gedwuld, bwitte.« Pina spuckte die aufgeweichten Pflanzenfasern aus und schmierte sie auf die Wunde des Ponys. Dabei murmelte sie vor sich hin: »Heile, heile, braucht ne Weile. Hab nur Mut, bald wird's gut!«

In der Hexenschule hatte sie gelernt, dass jede Kräutertinktur, jeder Trank, jede Paste und Salbe … na, einfach alles viel besser wirkte, wenn man zur Heilung einen von Herzen kommenden Reim flüsterte.

»Ich glaube, dein Grünzeug wirkt schon«, sagte das Pony erstaunt. Dann fügte es nach einer Pause hinzu: »Ich heiße übrigens Josch.«

Pina lächelte. Kurz sahen beide einander bloß an, schließlich unterbrach sie die Stille: »Na, wie sieht's aus, Josch? Nach deiner mutigen Heldentat musst du doch bestimmt einen Bärenhunger haben, oder?«

»Wenn du wüsstest! Ich könnte glatt einen ganzen Heuballen verdrücken«, sagte das Pony, und Pina giggelte.

Sie langte in die Kapuze ihres Umhangs, der immer noch Joschs Rücken bedeckte, und kramte darin. Doch statt einer Leckerei fischte sie auf einmal etwas ganz anderes hervor.

»Und *das* soll mir schmecken?«, erkundigte sich Josch.

Pina schaute verdutzt, was – oder besser: wen – sie da hervorgezogen hatte …

»Darf ich vorstellen? Talami, das wohl verfressenste Wesen im Hexenwald. – Was machst du hier?«, fragte sie den Baumkratt, der sich verschlafen mit einer Hand die Äuglein rieb. »Du sollst doch auf unseren Baum aufpassen!«

Talami gähnte und klimperte mit den Wimpern. Dabei tippte er sich gegen die Brust und deutete anschließend auf sie.

»Du … wolltest lieber auf mich statt auf den Baum aufpassen?«

Talami nickte. Pina war ganz gerührt, aber dann bemerkte sie sein mit Blananausbeerensaft verschmiertes Mäulchen. Ihr Blick wanderte zu seiner Brust, an die er eine der Beerenfrüchte drückte. »Von wegen, du wolltest auf mich aufpassen. Du wolltest wohl eher auf meine letzten Blananausbeeren aufpassen und bist wie immer beim Fressen eingeschlafen, hm?«

Ertappt zog Talami den Kopf ein und zuckte verlegen mit den Schultern.

Pina nahm ihm die Frucht ab und legte sie Josch vors Maul. »Hier, bitte. Lass sie dir schmecken.«

Josch beschnupperte die Beere, Talami wiederum trauerte der Nascherei schmachtend hinterher.

Als Josch das schmollende Gesicht des Baumkratts auffiel, wieherte er: »Och, das kann man doch nicht ertragen.« Vorsichtig stupste er den Happen mit den Lippen an, und die Frucht rollte zu Talami. Sofort breitete der seine Arme aus und umklammerte die Nase des Ponys.

»Ich glaube, den wirst du nicht mehr los«, scherzte Pina, wobei Josch etwas unbeholfen zum Baumkratt hinunterschielte.

»Kuschelt ruhig schön weiter, und ich zaubere uns ein Nachtfeuer«, sagte sie, worauf Talami das Pony losließ und mit seiner Blananausbeere einen Baum hinaufhuschte.

Pina bemerkte es kaum, sondern schüttelte die Arme aus, pustete ihre Finger an und schnipste mit Daumen und Ringfinger der rechten Hand. Und siehe da! Es tat sich … gar nichts. Sie versuchte es wieder. Und dann noch einmal. »Gleich hab ich's.« Sie atmete tief durch und schnippte jetzt mit den Fingern beider Hände.

Im Nu schossen Funken hervor und entzündeten sich. Aber leider nicht ganz so wie geplant. Statt eines magischen Feuers hatte Pina viele kleine entfacht. Das an sich wäre halb so wild, hätten sie keine Beine gehabt.

Knisternd und kichernd liefen die Feuermännchen umher und spielten miteinander Fangen.

Während Talami das Schauspiel vom Baum aus beobachtete, wich Josch vor den Feuermännchen zurück und schaute skeptisch zu Pina hinüber, die jetzt die Feuermännchen ansprach: »Äh, entschuldigt, bitte. Könntet ihr euch vielleicht auf einen Haufen setzen und stillhalten?«

Da lachten die Feuer laut prasselnd und machten sich aus dem Staub.

»Hey, wartet! Ihr könnt doch nicht weglaufen! Macht bloß keinen Unsinn, bleibt hier!«, rief Pina und wollte gerade die Verfolgung aufnehmen, als es plötzlich donnerte und in Strömen zu regnen begann. Wenigstens brauchten sie sich jetzt keine Gedanken mehr um das Feuer zu machen.

13.
Die Vielaugenschnecke

Der Regen prasselte auf das Blätterdach über ihren Köpfen. Bald kauerten die drei reichlich begossen nebeneinander. Talami war beim ersten Tropfen vom Baum auf Pinas Schulter runtergesprungen und suchte Schutz in ihrer Wuschelmähne.

»Haaaa-hahaha! Hihihi-huuuu!«, ertönte es plötzlich aus dem Strauch neben ihnen.

Pina bückte sich hinunter, und da, auf dem Boden, zwischen den Blättern, entdeckte sie eine Schnecke. Genauer gesagt, eine Vielaugenschnecke. Eine, die sich vor Lachen gar nicht mehr einkriegte.

Vielaugenschnecken waren intelligente und auf vielen Gebieten gebildete Lebewesen, das wusste jede Hexe. Sie beherrschten mehrere Sprachen. Pina

selbst hatte all ihre Fremdsprachen von einer Vielaugenschnecke gelernt.

»Was ist denn so lustig?«, fragte sie die Schnecke.

»Na, *du*, Kleines! Diese Aufführung gerade mit dem Feuer war sensationell!«

Pina war ein bisschen beleidigt. »Schön, dass ich dich unterhalten konnte.«

Die Schnecke seufzte. »Ja, vielen Dank. Das habe ich gebraucht. In letzter Zeit hatte ich nämlich nicht viel zu lachen.«

»Wie meinst du das?«, fragte sie.

»Sag bloß, dir ist noch nicht aufgefallen, dass in diesem Wald neuerdings etwas nicht stimmt.«

Die Schnecke streckte ihre unzähligen Augenfühler aus.

»Oh, doch. Das ist uns auch schon aufgefallen. Weißt du mehr darüber?«, erkundigte sich Pina.

»Nun ja, viel mehr weiß ich auch nicht. Aber lasst uns doch lieber drinnen weitersprechen. Da ist es gemütlicher als hier draußen. Ich habe auch was zu essen, falls ihr hungrig seid.«

Jetzt meldete sich Josch zu Wort, dem die Mähne nass über die Schnute hing. »Hast du da wirklich genug Platz für uns drei?«

»Du warst wohl noch nie bei einer Vielaugenschnecke zu Hause, hm?«

Josch und auch Pina schüttelten den Kopf.

»Na, dann wird es allerhöchste Zeit. Natürlich musst du euch drei vorher schrumpfen. Aber als Hexe sollte das für dich kein Problem sein, oder?« Sie unterdrückte ein Lachen und zog sich in ihr Haus zurück.

Pina sah von Talami zu Josch, die untereinander ebenfalls einen Blick tauschten. Sie ahnte, dass die beiden bloß nichts sagten, weil sie sie vor dem Zaubern nicht noch nervöser machen wollten, als sie es ohnehin schon war. Schließlich gaben die zwei ihre Zustimmung.

Pina atmete tief durch und rieb dann ihre Hände aneinander, bis ein Knistern zu hören war. »Klein und fein wollen wir jetzt sein – so passen wir ins Schneckenhaus hinein«, murmelte die Junghexe – und schon begannen sie zu schrumpfen. Nachdem sie die richtige Größe hatten, betraten sie die Behausung, die nun turmhoch vor ihnen aufragte. Kaum waren

sie die Wendeltreppe emporgeklettert, staunten sie: Der Raum, in dem sie standen, war so riesig wie ein Palastsaal und so heimelig wie eine gute Stube. Rundherum standen Regale voller Bücher.

»Hast du die alle gelesen?«, fragte Pina die nackte Schnecke.

»Die und noch sehr viele mehr, mein Hexenkind. Was glaubst du wohl, wo unsere beneidenswerte Klugheit herkommt und wofür wir all die Augen haben? Ich lese nie weniger als fünf Bücher zur gleichen Zeit«, erwiderte die Vielaugenschnecke, während sie, eine Schleimspur hinter sich herziehend, ihre Gäste in den hinteren Teil des Raumes führte. Dort hatte sie eine Sitzecke eingerichtet. »Darf ich euch etwas zu trinken oder zu essen anbieten?«

Pina lächelte und nickte müde, bevor sie sich mit Talami auf dem Moos-Sofa niederließ und Josch neben ihnen stehen blieb.

»Hervorragend. Ich mag Gäste mit gesundem Appetit«, sagte die Schnecke und verschwand.

Kurz darauf stellte sie ein Tablett mit einem riesengroßen Haufen Grünzeug vor die drei. »Bitte, lasst es euch schmecken – wer weiß, wie lange es so etwas Gutes überhaupt noch gibt.«

»Das stimmt«, sagte Pina, dachte an die graue Wiese und bediente sich. Auch Josh kostete von dem, was ihnen serviert wurde. Nur Talami zupfte lustlos daran herum.

Die Vielaugenschnecke schleimte sich gemütlich ein. »Es bereitet mir enorme Sorgen, was seit einiger Zeit im Wald passiert. Wir verlieren gesunde, grüne Waldfläche. Die Trockenheit breitet sich aus, und wenn es so weitergeht, dann ist bald nichts mehr von unserem wunderschönen Zuhause übrig!«

Mit einem Mal verging Pina der Appetit. »Nein, das darf nicht sein! Dagegen müssen wir unbedingt etwas unternehmen!«

Die Schnecke richtete all ihre Augen auf sie. »Die Frage ist nur: was?«

»Was auch immer nötig ist!«, sagte sie und war zu allem bereit.

»Solange wir nicht wissen, was hier vorgeht, wird es schwierig, etwas dagegen zu unternehmen«, gab die Vielaugenschnecke zu bedenken.

»Wasser«, warf da Josch mampfend ein.

Pina und die Schnecke schauten ihn fragend an.

»Na, vielleicht hilft gießen gegen diese üble Trockenheits-Krankheit.«

»Ja!«, rief Pina. Doch dann löste sich ihre Begeisterung plötzlich in Luft auf, und sie ließ bedröppelt die Schulter hängen. »Nein, daran kann es eigentlich nicht liegen. Die große Regenzeit war gerade erst – und jetzt regnet es auch wieder.«

»Was merkwürdig ist, oder nicht?«, sagte die Vielaugenschnecke. »Normalerweise folgt auf die Regenzeit …«

»… eine lange Phase voller Sonnenschein und Wachstum«, beendete die Junghexe den Satz.

Die Vielaugenschnecke nickte. »Es ist, als würde alles … aus dem Gleichgewicht geraten.«

»Stimmt«, wisperte Pina, worauf ihr ein wenig schwummerig wurde. Gleichzeitig verspürte sie ein seltsames Kribbeln in sich. Sie versuchte es abzuschütteln.

Talami und Josch sahen sie an, und die Vielaugenschnecke erkundigte sich: »Ist alles in Ordnung mit dir?«

»Ja, alles gut. Es war nur …« Sie horchte in sich hinein. »Ach, ich weiß auch nicht, was es war. Auf jeden Fall ist es jetzt wieder weg, keine Sorge.«

»Na schön. Wenn du es sagst …«, erwiderte ihre Gastgeberin und fuhr dann mit ihren Überlegungen von vorhin fort.

Die halbe Nacht saßen die vier da. Sie versuchten den Geschehnissen auf die Spur zu kommen. Dabei stellten sie allerlei Vermutungen an. Sie schmiedeten Pläne und verwarfen sie wieder. Sie redeten und redeten, bis irgendwann einem nach dem anderen vor Erschöpfung die Augen zufielen und sie schließlich einschliefen.

14.
Dem Rätsel auf der Spur

»Wach auf!«, verdrängte die Stimme der Vielaugenschnecke das Klingeln in Pinas Ohren. »Mach sofort die Augen auf!«

Pina spürte etwas Nassklebriges im Gesicht. Verschlafen wischte sie es ab, öffnete die Lider und stierte ihre Hand an. »Äääch, was ist denn das?« Schleimige Fäden zogen sich zwischen ihren Fingern. Gleichzeitig war da wieder dieses schwindelige Kribbeln in ihrem Bauch, und sie bemerkte, dass die Vielaugenschnecke … über ihr schwebte?! Genau wie Talami, der versuchte, Halt zwischen den fliegenden Büchern zu finden. Feine Nebelschwaden zogen sich durch die Wohnstube, die Wände des Schneckenhauses blähten sich auseinander und drohten zu bersten. Nur Josch lag immer noch schlafend neben ihr und bekam von alldem nichts mit.

»Was ist hier los?« Auf einmal war Pina hellwach, und plötzlich hörte das Kribbeln auf, die Schwaden verflüchtigten sich, und die Wände des Schneckenhauses zogen sich wieder zusammen. Die Bücher fielen zu Boden, während Talami in ihrem Schoß und die Vielaugenschnecke in ihrem Gesicht landeten.

»Hä?! Was macht ihr da … was ist passiert?«, hörte Pina dumpf Joschs Stimme.

Ebenso dumpf antwortete die Vielaugenschnecke irgendwo über ihr. »Unsere kleine Hexe hat wohl schlecht geträumt. Auf jeden Fall hat sie im Schlaf völlig die Kontrolle über ihre Magie verloren!«, erklärte sie und schleimte von Pina herunter.

Die setzte sich rasch auf, wischte sich übers Gesicht und starrte ihre Hände an. »So was ist mir noch nie passiert! Wie ist das überhaupt möglich?«, fragte sie bestürzt. »Dass mein Zauber oft schlamasselig vermasselt ist, das kenne ich ja. Aber dass ich so die Kontrolle über meine Magie verliere, ohne dass

ich es mitbekomme … das ist neu!« Ihr stockte die Stimme. »… und unheimlich.«

»Wahrlich sehr ungewöhnlich. Aber ich glaube, ich habe mal was darüber gelesen«, sagte die Vielaugenschnecke. »Magie, die derart außer Kontrolle gerät, ist gefährlich«, murmelte sie und suchte den Boden nach etwas ab.

Pina wurde schlagartig die Bedeutung ihrer Worte klar, und plötzlich war es, als würde ihre Welt zusammenbrechen. »Dann bin *ich* also gefährlich?«, piepste sie im Flüsterton. Sie fühlte sich schrecklich leer und verloren. »Weil ich meine Magie nicht unter Kontrolle habe?«

Ihr Leben lang hatte sie darauf hingearbeitet, anderen Lebewesen zu helfen. Jetzt stellte sich auf einmal heraus, dass sie genau das Gegenteil tat und sogar großen Schaden anrichtete! Sie schaute sich im völlig chaotischen Schneckenhaus um, und ihre Augen füllten sich mit Tränen. Sie versuchte sie wegzublinzeln, als sich eine Hand auf ihren Bauch legte. Talami sah sie voller Mitgefühl an. Da löste sich eine Träne und kullerte hinunter.

»Hey, nicht weinen. Es wird alles wieder gut.« Tröstend presste Josch sein Maul an ihre Wange.

Augenblicklich überkam Pina ein unbeschreibliches Gefühl: Am ehesten konnte man es beschreiben als einen prickelnd kitzeligen Funken Hoffnung. Leichtigkeit und neuer Mut erfüllten sie.

»Aaah, da ist es ja!«, rief die Vielaugenschnecke.

Pina und Josch lösten sich voneinander und beobachteten, wie ihre Gastgeberin ein Buch aufhob und sich damit auf sie zubewegte.

»Schaut her.« Sie schlug eine Seite auf, und die vier schauten interessiert in den dicken Wälzer.

»Ist das da eine Karte vom gesamten Zauberwald?« Pina legte den Zeigefinger auf die Doppelseite.

»So ist es.« Die Vielaugenschnecke nickte. »Überall gibt es diese kleinen Seen …«

»Ja, ich weiß«, sprudelte es aus Pina hervor. »Sie sind durch ein unterirdisches Netz mit der verborgenen Quelle der Magie verbunden. Sie ist der Grund für den Zauber in unserem Wald.«

Wieder nickte die Schnecke. »Alles hängt mit

allem zusammen. Jede Pflanze, jedes Lebewesen und alle magischen Geschöpfe beziehen direkt oder indirekt von dort ihre Kraft. Genau wie auch du.« Sie sah Pina an.

Die Junghexe runzelte die Stirn. »Ja, und? Worauf willst du hinaus?«

»Was ich damit sagen will, ist, dass es nicht deine Schuld ist, dass die Magie vorhin so unkontrolliert aus dir herausgeströmt ist.«

»Nicht?«, kiekste Pina, und Josch stupste ihr aufmunternd in die Seite. Sofort fühlte sie Zuversicht in sich aufsteigen.

»Ganz und gar nicht«, bekräftigte die Vielaugenschnecke »Es ist bloß ein Hinweis für ein viel größeres Problem. Nicht du hast deine Magie nicht unter Kontrolle, kleine Hexe …«

»… sondern du meinst, die Quelle selbst?« Pina riss die Augen auf.

Die Vielaugenschnecke schnaufte. »Ich fürchte, sie ist aus dem magischen Gleichgewicht – und deswegen auch deine Magie.« Geräuschvoll klappte sie das Buch zu.

»Wenn das wirklich stimmt, dann sind alle Waldbewohner in Gefahr«, schlussfolgerte Pina. Das klang schrecklich, aber jetzt ergab alles plötzlich Sinn: der Hagelschauer und die Zerstörung des magischen Schutzschildes im Hexendorf. Die umgefallenen Bäume und der modrige See, aus dem sie das Entenküken gerettet hatte. Ja, sogar die Lianen-Schaukel an der Hexenschule, die so plötzlich verdorrt war. Das fortschreitende Welken und auch der unkontrollierte Ausbruch ihrer Zauberkraft vorhin. Irgendetwas störte die magische Ordnung der Dinge im Hexenwald. Und es wurde immer schlimmer!

15. Ein mutiger Angsthase

Pina sprang auf. »Wir müssen auf der Stelle zur verborgenen Quelle aller Magie!« Mit Talami auf der Schulter und Josch im Schlepptau eilte sie ins Freie.

Der Regen hatte mittlerweile aufgehört, und die Morgensonne strahlte durch das raschelnde Blätterdach hindurch. Die Luft roch frisch, die Vögel zwitscherten, und alles sah friedlich aus.

Doch sie traute der Idylle nicht – nicht mehr. Jederzeit konnte irgendwas Unvorhergesehenes passieren! Sie mussten auf dem Weg zur magischen Quelle also nicht nur schnell, sondern auch sehr vorsichtig sein.

»Ich zaubere uns auf Normalgröße, dann können wir aufbrechen«, sagte sie, hielt aber inne.

»Was ist? Hast du den Zauberspruch vergessen?«, fragte Josch.

Pina schüttelte den Kopf. »Ich habe eher Angst, dass meine Magie verrücktspielt, sobald ich sie nutze.«

»Tue es bitte trotzdem. Ich möchte nicht so winzig bleiben«, wieherte Josch, worauf Pina tief durchatmete.

»So klein und fein wollen wir nicht sein. Krötenschleim und Moos, macht uns wieder groß«, reimte sie und drückte die Augen fest zusammen. Auf einmal spürte sie, dass sich etwas in ihr ausdehnte. Und dann hörte sie auch schon Josch jubeln: »Es hat geklappt! Es hat geklappt!«

Jetzt traute sie sich, die Lider wieder zu öffnen, und sah das Pony rumtänzeln. Erleichtert darüber, dass der Zauber so gut geklappt hat, freute sie sich mindestens genauso.

»Ächem!«, räusperte sich die Vielaugenschnecke. »Ich möchte euch ja nicht stören, aber habt ihr nicht etwas Wichtiges vor?«

»Oh, aber natürlich! Du hast recht. Wo ge

nau geht es lang zur verborgenen Quelle aller Magie?«

Die Vielaugenschnecke musterte Pina völlig verdattert. Da fiel es der Junghexe plötzlich selbst auf: »Oje! Sie heißt so, weil sie wirklich so richtig gut verborgen ist, oder?«

»Ich fürchte, ja.«

»Wie sollen wir sie denn dann bloß finden?« Ratlos breitete Pina die Arme aus.

»Nur nicht die Nerven verlieren. Dir wird schon etwas einfallen. Da bin ich sicher«, wieherte Josch und stellte sich ihr zur Seite.

Pina spürte eine Wärme, die von ihm ausging, und es überkam sie eine tiefe Ruhe. Ihre Gedanken ordneten sich, und eine Idee nahm langsam Form an.

»Alles ist mit allem verbunden. Jede Pflanze, jedes Geschöpf«, murmelte sie vor sich hin. »Und die Magie, also auch *meine* Magie entspringt der verborgenen Quelle. Die Quelle durchdringt alles, nährt alles und gibt allem und jedem Zauber und Kraft.« Sie schaute sich um. »Jeder noch so kleinen Pflanze und der gesamten Natur. Der Natur, der ich den heiligen Hexeneid geschworen und die mir ein Geschenk gemacht hat.« Dann wurden ihre Augen kugelrund. »Aber natürlich …!« Sie legte ihre Finger auf die immerfrische Blüte, die sie als Brosche trug.

Sie nahm sie ab und hielt sie in den Händen wie in einer Schale. »Zeig uns bitte den Weg zur verborgenen Quelle aller Magie«, flüsterte sie, während ihre Freunde sie beobachteten.

Doch die Sekunden vergingen, und es tat sich … nichts. Sofort ließ Pina die Schultern hängen. Im selben Moment wie Josch atmete sie schnaufend aus – und als ihr beider Atem auf die Blüte traf, fing diese auf einmal an zu vibrieren. Die Blütenblätter öffneten und die Staubfäden entrollten sich. Dann rüttelten sich die Staubbeutel.

Fasziniert beobachtete Pina, wie sich Glitzer von ihnen löste und emporstieg. Während er

jetzt um die Freunde herumwirbelte, blinzelte sie Josch verblüfft an.

Bildete sie sich das nur ein oder funktionierte ihr Zauber wirklich besser, seit das Pony bei ihr war? Bevor sie sich das beantworten konnte, erregte der Glitzer-Blütenstaub ihre Aufmerksamkeit, denn er formte sich plötzlich zu einem Pfeil und sauste los. Dabei hinterließ er eine silbrige Spur in der Luft.

Pina wandte den Blick vom Glitzer-Blütenstaub ab und sah zu ihren Freunden, die sie ebenso verdutzt anschauten.

»Wir müssen sofort los!«

Sie verabschiedeten sich schnell von der Vielaugenschnecke, die ihnen viel Glück wünschte. Kaum war sie im Unterholz verschwunden, setzte Pina sich mit Talami auf der Schulter in Bewegung. Als sie nach ein paar Schritten bemerkte, dass Josch nicht an ihrer Seite war, drehte sie sich um. Das Pony trippelte mit den Hufen, rührte sich aber keinen Millimeter.

»Bist du da etwa festgewachsen? Na los. Worauf wartest du?«

Josch senkte den Kopf. »Ich … Also, ich … Na ja, ich glaube …«

»Hast du etwa Angst?«, fragte sie sachte.

»Ich?! Wo denkst du denn hin?!«, entgegnete Josch, wich aber ihrem Blick aus und gestand: »Na ja, vielleicht ein klitzekleines bisschen. Weißt du, ich bin vielleicht gar nicht so ein mutiger Abenteurer, wie ich behauptet habe.«

»Was redest du denn da? Natürlich bist du mutig. Sogar sehr!«, widersprach Pina und ging auf ihn zu.

»Nein, glaub mir. In Wirklichkeit bin ich ein Angsthase – sogar ein ziemlich großer.«

»Na und?«, erwiderte sie und blieb jetzt vor ihm stehen. »Angst hat doch jeder mal. Und nur weil du manchmal Angst hast, heißt das nicht, dass du nicht gleichzeitig auch mutig sein kannst! So wie gestern auf der trockenen Wiese. Obwohl du Angst hattest, bist du mir zu Hilfe geeilt. Das war doch total mutig!«

»Ja?«, fragte Josch.

»Ja!«, rief Pina.

»Na dann … sollten wir uns jetzt besser sputen.

Die Glitzerspur deiner Blüte löst sich nämlich langsam auf«, wieherte er und trabte an ihr vorbei. Überrascht, wie schnell er neuen Mut gefasst hatte, lief sie ihm hinterher.

»So einfach ist es?«

»Was meinst du?«, warf Josch ihr über die Schulter zu.

»Na, dich zu überzeugen, mit uns zu kommen ... und mich nicht zu verlassen.«

Da blieb Josh stehen und wandte sich ihr zu. »Na, wir sind doch Freunde, oder?«

Pinas Herz machte einen Freudensprung. »Das sind wir!«

Obwohl sie sich gerade erst kennengelernt hatten, hatte sie diesen Zottel liebgewonnen. Sogar so sehr, dass sie es sich nicht mehr vorstellen konnte, ohne ihn zu sein. Josch ging es offenbar ähnlich, denn nachdem sie wieder losgelaufen waren, stupste er mit der Nase gegen ihre Schulter. Sofort fing die an zu prickeln – was Pina ziemlich überraschte.

Hatte das vielleicht etwas zu bedeuten? Spürte Josch es auch? Sie wollte ihn fragen, aber in diesem

Moment löste er sich wieder von ihr und wieherte: »Abgesehen davon muss doch irgendjemand auf dich und den verfressenen Winzling da aufpassen.« Er bäumte sich auf und strampelte mit den Vorderbeinen durch die Luft. »Und jetzt lasst uns endlich die magische Quelle finden und den Wald retten!«

»Ja!« Pina streckte eine Hand in die Luft, und Talami machte es ihr nach, bevor das Dreiergespann sich in Bewegung setzte und dem Glitzer-Blütenstaub hinterherjagte.

16.
Unheimliche Stille

Der Glitzer-Blütenstaub führte die Freunde tiefer und tiefer in den Hexenwald. Mittlerweile waren die drei so müde, dass sie gar nicht bemerkten, dass es mit jedem Schritt leiser und düsterer wurde. Josch gähnte, und Talami, der seinen Schwanz um Pinas Hals geschlungen hatte, schmiegte sich immer enger an sie. Dabei knurrte er leise.

»Oh, da hat einer aber ganz schön Hunger, was?«, stellte Pina fest. Sie wandte den Blick vom Blütenstaub ab und wurde direkt vor sich fündig. »Na, wer sagt's denn?« Sie pflückte eine Himbeere und hielt sie Talami hin. »Hier, bitte schön.«

Doch der Baumkratt machte keine Anstalten, ihren Hals loszulassen, um nach der Leckerei zu greifen. Fragend sah sie zu ihm hoch und erkannte, dass er verängstigt wirkte. Und das Geräusch, welches sie für Magenknurren gehalten hatte, war in Wirklichkeit Zähneknirschen gewesen!

»Wovor fürchtest du dich so?« Zum ersten Mal seit sie aufgebrochen waren, schaute Pina sich richtig um: Abgesehen von dem Weg war der Wald dunkel und fad. Die Bäume waren beinahe kahl. Blätter segelten langsam zu Boden, und das Moos auf den Steinen um sie herum war braun statt grün. Ja, sogar die Felswände, die sich links und rechts von ihnen bis hin zu einem Hügel zogen, waren nicht wie sonst von üppigen Kletterpflanzen überwuchert. Sie waren vertrocknet, genau wie der Waldboden, aus dem sie emporrankten. Bloß Stiele waren von ihnen übrig geblieben.

Pina legte den Kopf in den Nacken. Selbst der Himmel war sonderbar trostlos. Er war von grauen Wolken durchzogen. Die Sonne war nicht mehr zu sehen. Plötzlich hob der Wind an, pfiff umher und wirbelte den Sand auf.

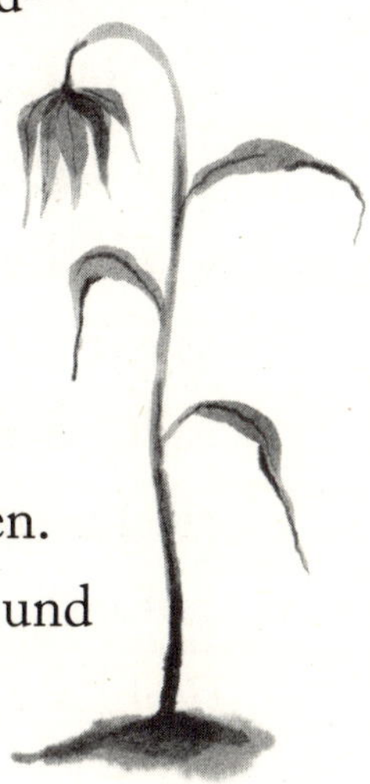

In ihrem Brustkorb krampfte sich alles zusammen. Ihr wurde schwummrig, und sie taumelte zurück.

»Hey, du kippst mir jetzt aber nicht aus den Latschen, oder?«, fragte Josch.

»Es … wird schlimmer. Die Magie … sie wird immer schwächer!«, brachte Pina kraftlos hervor. Im selben Moment bemerkte sie, dass die Himbeere zwischen ihren Fingern vertrocknete. Erschrocken ließ sie sie fallen und blickte zu dem Strauch, der genauso schnell einging.

Pina schnappte nach Luft. Gleichzeitig hörte sie hinter sich Äste knacken, und es beschlich sie das Gefühl, von unzähligen Augenpaaren beobachtet zu werden. Sie schlang die Arme um sich und hüllte sich fest in ihren Umhang.

»Hallo? Ist hier jemand?«, rief sie in den dunklen Wald. »Haaallooo!«, wiederholte sie lauter. Und diesmal kam etwas zurück.

»Haaallo! Haaallo! Haaallo …«, hallte es von den Steinwänden wider. Das Echo breitete sich aus, und dann wurde es plötzlich ganz leise. Ihre Freunde und sie verharrten und horchten in die Stille hinein. Aber es blieb ruhig.

»Ich glaube, da ist niemand«, sagte Josch schließlich. Er wollte sich gerade wieder auf den Weg machen, da raschelte es in den Bäumen neben ihnen.

Talami zuckte heftig zusammen und purzelte von Pinas Schulter. Zum Glück hatte er den Schwanz um ihren Hals geschlungen und baumelte jetzt kopfüber vor ihrem Bauch.

»Das waren sicher nur ein paar Fledermäuse, die in den Felswänden hausen«, versuchte sie ihn zu beruhigen und auch sich selbst Mut zu machen. Sie setzte ihn wieder auf ihre Schulter. »Lasst uns zusehen, dass wir schnell von hier wegkommen!« Doch nach nur zwei Schritten wurde ihr so schwindelig, dass sie kaum mehr laufen konnte.

Josch stützte sie mit dem Kopf, damit sie nicht umfiel. »Los, steig auf, Pina! Ich trage dich ein bisschen.«

»Danke, aber … es geht schon«, erwiderte sie.

»Wenn wir in deinem Tempo weitergehen, erreichen wir die Quelle erst in hundert Jahren. Bis dahin wird in diesem Wald aber längst alles vertrocknet sein. Also hüpf rauf oder … hast du etwa Angst?«, neckte er sie.

»Ich? Wo denkst du denn hin?«, gab sie zurück und musste trotz allem lächeln. Sie flüsterte Talami zu: »Halt dich gut fest!« Dann streckte sie die Arme aus, griff in Joschs Wuschelmähne und zog sich auf seinen Rücken.

Noch bevor sie richtig aufsaß, trabte er los. Bald wurde er immer schneller und schneller. Wie selbstverständlich passte sie sich seinen Bewegungen an. Obwohl sie noch nie zuvor auf einem Pony geritten war, kam es ihr vor, als hätte sie nie etwas anderes getan.

Eng an seinen Körper geschmiegt, spürte sie sein Herz schlagen. Und plötzlich fiel die Müdigkeit von ihr ab, und sie fühlte sich leicht, stark und beinahe unbesiegbar. Auch durch Josch schien ein Energiestoß zu gehen, und er legte einen Zahn zu.

Berauscht von der Geschwindigkeit, richtete Pina sich langsam auf. Es war, als würden sie fliegen – und zwar geradewegs auf einen Abhang zu!

17.
Die verborgene Quelle

»Oh nein! Stooooopp!«, rief Pina, worauf Josch sofort versuchte langsamer zu werden. Aber sosehr er sich auch zügelte, er hatte eine solche Geschwindigkeit drauf, dass der Abhang immer näher kam. Pina sah sie schon ins Nichts stürzen, als das Pony in der allerletzten Sekunde stehen blieb.

»Das war knapp«, wieherte es, während Steine und Erdklumpen unter seinen Hufen wegbröckelten und krachend in die Tiefe fielen.

Talami klebte bibbernd an Pina, während sie sich zaghaft vorlehnte. »Der Glitzer-Blütenstaub zieht sich hier ganz steil hinab.«

»Du hast nicht zufällig einen Schwebezauber drauf, oder so?«, fragte Josch.

»Aber natürlich. Ich – ich lasse mir schnell einen Spruch einfallen.« Pina räusperte sich, doch bevor sie auch nur ein Wort herausbrachte, passierte es: Der trockene Waldboden, auf dem sie standen,

rutschte plötzlich weg, und die drei Freunde schlitterten schreiend hinterher.

Wackelig hielt Josch sich auf den Beinen, während Pina alles gab, um bloß nicht von seinem Rücken zu fallen. Talami, der ihren Hals umklammerte, klapperte vor Angst mit den Zähnen.

»Aaaaah! Haaaalt aaaan!«, schrie Pina.

»Ich versuch's ja! Oder glaubst du, ich will freiwillig in dieser dreckigen Riesenpfütze baden?«, wieherte Josch zurück.

»Riesenpfütze? Welche Rie…«, wollte sie fragen und sah nach vorne. *Huh-hex-herrje,* sie steuerten geradewegs auf eine riesige Schlammgrube zu – oder … Moment mal! Über dieser Schlammgrube funkelte ja der lilafarbene Glitzer-Blütenstaub ihrer magischen Blüte!

War *das* etwa tatsächlich die Quelle aller Magie? Dieser *Tümpel*? So modrig, dreckig und miefend? Pina konnte es kaum glauben, aber das musste sie einfach sein. Die Quelle, sie hatten sie gefunden – und gleich würden sie auch in ihr baden!

Pina schnappte sich Talami, drückte ihn fest an

ihre Brust, schloss die Augen und hielt die Luft an. Und dann platschten sie in das dunkle Nass und sanken in die Tiefe.

Ohne den Baumkratt loszulassen, paddelte Pina wild mit den Beinen, um wieder nach oben zu kommen. Auf einmal spürte sie Josch nicht mehr unter sich. Panik machte sich in ihr breit, und sie öffnete einen kleinen Spaltbreit die Augen. Aber das Wasser war viel zu dreckig, um auch nur irgendwas zu erkennen!

Prustend kamen Talami und sie schließlich an die Oberfläche. »Josch? Wo bist du?!«, rief sie, sich drehend. »Talami, kannst du ihn irgendwo sehen?«

Da hatten sie endlich die Quelle gefunden, und schon war wieder alles schlamasselig vermasselt! Der kleine Baumkratt kletterte auf ihren Kopf und deutete zur Seite, wo viele Blubberbläschen aufstiegen.

Sofort schwamm die Junghexe hin. Kaum war sie bei der

Stelle angekommen, durchbrach Joschs Kopf die trübe Brühe.

»Hey, schau her! Ich kann schwimmen! Das wusste ich gar nicht!«, rief er und strampelte fröhlich vor sich hin.

Pina lachte und fiel dem matschbekleckerten Zottel um den Hals. Und da war er wieder, der Gewitterblitz! Diesmal war sich Pina sicher, dass auch Josch ihn spürte, und sie umarmte ihn noch ein wenig fester.

Sie war so erleichtert und platzte beinahe vor

Freude! Es ging ihnen gut! Tränen stiegen ihr in die Augen. Als eine davon ihre Wange hinunterperlte und in den Schlammsee tropfte, geschah etwas Unglaubliches: genau von dort aus klarte das Wasser plötzlich auf.

Sie blickten sich staunend um. Der einst dreckige Tümpel war nun nicht mehr dunkel, sondern durchsichtig und – plötzlich fiel Pina etwas in der Mitte des Sees auf: Eine Lotusblume, die schönste, die sie je gesehen hatte, öffnete langsam ihre Blüte und präsentierte sich in weiß-violetter Farbenpracht. Dann tauchten nach und nach um sie herum gigantische grüne Blätter auf.

Pina jauchzte überrascht, als sie jetzt aus dem Wasser gehoben wurde und sich neben Josch sitzend auf einem von ihnen wiederfand. Zärtlich strich sie über die Oberfläche des schwimmenden Blattes, dessen Adern unter ihrer Berührung aufleuchteten. Das Licht glitt über den Stängel hin zu der Blüte und strahlte hoch hinauf in den Himmel.

Die drei Freunde beobachteten, wie sich daraufhin die Wolken über ihnen auflösten, und die

Sonne leuchtete auf sie hinunter. Es war, als hätte man einen dunklen Schleier vom Wald gehoben: Alle Pflanzen, die vom Licht der Lotusblume erfasst wurden, blühten auf. Der Wald erstrahlte wieder in satten Grüntönen.

Doch obwohl die Düsternis und das Welken vertrieben wurden, etwas war dennoch geblieben: das merkwürdige Gefühl, beobachtet zu werden. Pina blickte sich um und erspähte neben sich auf dem Wasser eine Blüte. Sie fischte sie heraus und konnte es kaum glauben: Es war die magische Blüte einer Hexe! Aber anders als ihre eigene war sie halb vertrocknet und sprühte keinerlei Funken mehr. Wer hatte sie hier verloren?, fragte sie sich, als Josch sie sanft anstupste. »Wie – wie hast du das alles gemacht?«

»Ich? Ich habe doch überhaupt nichts getan.« Pina umschloss die Blüte mit einer Hand und schaute Josch an. Plötzlich musste sie grinsen, denn um ihn herum flirrte lauter Glitzer. Von der Stelle seines Herzens ging eine zarte Schimmer-Spur aus. Pina folgte ihr mit den Augen: Sie führte direkt zu ihrem eigenen. Und genau wie Josch war auch sie von Glitzer umgeben.

Sprachlos starrten die beiden einander an, und da fiel Pina noch etwas viel Merkwürdigeres auf …

»Ei-eins … eins deiner Augen ist auf einmal grün geworden, wie meine!«

»Und eins von deinen wird dunkler!«, stellte Josch fest.

»Echt jetzt?« Pina blinzelte in den klaren See hinein. »Tatsache! Sie sind … Ich meine, unsere Augen … sie sind jetzt gleich. Du und … ich. Wir sind …« Sie hielt inne. Was hatte Indaja doch gleich gesagt? *Er ist mein Seelentier, und wir haben eine ganz besondere Verbindung*. Das bedeutet ja … Die Erkenntnis darüber, wer Josch und sie waren, traf Pina mit voller Wucht.

»Was? Was sind wir?«, fragte Josch. »Du kannst doch nicht einfach mitten im Satz aufhören!«

»Wir …« Sie schluckte.

»Na los, sind wir … toll? Ein Top-Team?«

»Ja«, hauchte sie. »… sogar mehr als das.« Sie suchte nach den richtigen Worten. »Wir haben eine ganz besondere Verbindung. Ich bin eine Ponyhexe. Und du bist …«

»… ein Hexenpony?« Josch schnaubte.

Sie nickte, während der Glitzer über ihnen auseinanderstob und wieder in ihre Blüte eingesogen wurde.

»Hm. Und kann ich jetzt *auch* zaubern, oder was?«, fragte Josch.

»Ich habe nicht den blassesten Schimmer«, antwortete sie. »Aber eins weiß ich genau.«

»Dass ich auf jeden Fall besser hexen kann als du?«, warf Josch neckend ein.

Pina verdrehte die Augen, dann lächelte sie. »Dass es uns ab jetzt nur noch im Doppelpack gibt.«

Talami, der immer noch auf ihrem Kopf hockte, gab ein lautes Schnattergeräusch von sich.

»Oh entschuldige!« Sie räusperte sich. »Ich meinte natürlich, uns gibt es ab jetzt nur noch im *Dreierpack!*« Sie setzte den Kleinen auf ihren Schoß. Und kaum hatte sie sich an Joschs Schulter geschmiegt, durchströmte sie ein Glücksschauer.

Pina hätte nicht zufriedener sein können, denn sie hatte nicht nur ihr Seelentier gefunden, sondern sie hatten auch gemeinsam die Quelle gerettet und mit ihr alle Magie des Zauberwaldes! Doch … Auf einmal schlichen sich Fragen in ihren Kopf ein: Wie war es überhaupt erst dazu gekommen, dass die Quelle der Magie versiegt war? Sie blickte auf die halb vertrocknete und beinahe farblose Blüte in ihrer Hand hinunter. War sie vielleicht der Schlüssel zu diesem Geheimnis?

Auch wenn sie das noch nicht wusste, eines war sicher: Sie würde dieses Rätsel lösen! Und zwar zusammen mit Josch und Talami.

Pina Ponyhexe

Lies auch das nächste magische Abenteuer von Pina, Josch und Talami!

Ihre Freundschaft verleiht Pina und Josch eine ganz besonders starke Zauberkraft! Als sie den grummeligen Hexer Lenas treffen, ist den beiden klar, dass er dringend ihre Hilfe braucht. Denn hinter seiner rauen Schale scheint er etwas zu verbergen. Und tatsächlich: Lenas hat seinen besten Freund Balduin verloren … Werden Pina und Josch es schaffen, die beiden wieder zusammenzubringen?

Pina Ponyhexe - Der verlorene Fuchs (Band 2)
ISBN 978-3-7373-4335-0

FISCHER SAUERLÄNDER

Indaja
Natari
Talami